FÓRA DE XOGO

Edición: Helena Pérez
Deseño da cuberta e interiores: Miguel A. Vigo
Tradución: Eva Lozano
Maquetación: Pablo Gutiérrez
Montaxe fotográfica da cuberta: Antonio Seijas
Produción: Antón Pérez

1ª edición: febreiro, 2010

Dr. Marañón, 12. 36211 VIGO
xerais@xerais.es

ISBN: 978-84-9914-083-4
Depósito legal: VG 16-2010
Printed in Spain
Impreso en Gráficas Varona, S. A.
Pol. Ind. El Montalvo I, P. 49
37008 Salamanca

FÓRA DE XOGO

A paixón de Alexandra

Xulio Ricardo Trigo

Tradución de Eva Lozano

XERAIS

A Tàsia…

Cuando espero dejar de esperar,
sucede tu caída dentro de mí.
Ya no soy más que un adentro.

ALEJANDRA PIZARNIK

Capítulo I

Na noite do venres bebemos máis da conta. Xuntámonos na casa de Eva, unha rapaza arxentina que se incorporou este ano ao noso instituto. A neveira reborda de Pêche e doutros licores doces. Dende hoxe mesmo marcareinos con tres cruces no meu caderno negro, aquel onde acostumo escribir as cousas que odio. A única que non semella afectada pola bebida é a propietaria da casa. Cando todas chegamos a un punto notable de incoherencia, ela aínda continua explicando historias. Tenme mareada coa súa capacidade para sacarlles partido aos detalles máis insignificantes.

—Complicadísimos sempre, estes arxentinos –dígolle á orella a Marina, compañeira de clase e confidente nas horas baixas.

—Mira quen fala! Xa te miraches ao espello, hoxe?

Se vos parece que a miña amiga é insolente e pouco amable, pensade que eu merezo este tipo de respostas. O meu aspecto, co pelo e a roupa negros, os ollos negros e brillantes como o reflexo dun faro sobre a auga e unha altura que me obriga a levar zapatos sen plataforma non dá para moitas críticas.

Aproveito a modorra xeral que comeza a relaxar a atención das miñas amigas e escapo cara ao pequeno balcón. Os pais de Eva alugaron un piso na Ciutat Vella, moi preto da Plaça Reial. Levo nas mans un gran vaso de auga fría que, se cadra por casualidade, procede da mesma neveira onde gardan as botellas de licor.

Dende o balcón domino toda a rúa. O espazo entre as casas é tan estreito que ás veces fórmase unha especie de funil. Algúns mozos resolven o problema facendo grandes espaventos. Cando se achega o verán as fins de semana acaban sendo moi semellantes unhas ás outras. A mocidade comeza a temporada do «botellón» na praia, pero sempre hai o típico ao que non lle gusta encherse de area os zapatos. A solución é vir aos bares da Ciutat Vella, onde tamén se consegue un nivel de troula considerable.

Non teño por costume frecuentar a Ciutat Vella. Todos os meus amigos opinan que o persoal é demasiado maior e que as drogas fixeron o barrio máis perigoso. Pero se cadra o comentan porque llelo escoitaron aos pais. O discurso xa se fai repetitivo: «Cando eu tiña a túa idade...» Dálle que dálle! Por circunstancias que pronto se farán obvias, a miña información familiar neste eido é inexistente. Iso permíteme decidir por min mesma.

Si, é venres. Apoiada na varanda de ferro, observo as caras dos viandantes. Non parecen moi alegres, e nin sequera amosan a esperanza dunha noite de diversión. Hai un gran contraste entre esta mocidade e os risos entolecidos que me chegan do interior do piso.

«Debe de ser a idade», penso deseguida. Que se pode esperar dunhas rapazas de dezasete anos? Ademais de rir coma se fose a derradeira noite na Terra, quero dicir!

Pero non hai dereito. Tampouco son o meu forte as xuntanzas caseiras. Cando falo coas amigas destes temas pensan que son demasiado transcendental, como se iso se puidese escoller. Postos a pasalo ben, gústame máis xuntarme cos compañeiros da clase en calquera recuncho de Gràcia, montar a festa pola nosa conta e charlar tranquilamente. Supoño que me fai sentir máis libre, menos obrigada a compartir o éxito da reunión. Aínda que, con bastante frecuencia, lles digo que vaian eles e que mo expliquen ao día seguinte.

É a festa de benvida, tantas veces posposta, de Eva. A casa é unha delicia, chea de detalles intrigantes, como esta pequena fonte que bota sempre a mesma auga. Sorprende pensar que só hai poucos meses que viven alí, pero se cadra son cousas dos inquilinos anteriores.

Hai un anaco sentín a porta e novas voces na reunión. Así que toca facer os cumprimentos. Abandono o vaso de auga no interior dun testo baleiro e volvo a entrar. Pero as voces descoñecidas agocháronse no interior da casa, e as miñas amigas inventaron un xogo moi peculiar.

—Agora tócache a ti –di Eva, que semella a orixe do balbordo–. Tes que explicarnos cal foi o teu momento máis feliz dos últimos anos. E ti tampouco escaparás. Non si, Alexandra?

Maldigo que se me ocorrese abandonar o balcón da casa, mais xa non hai saída. Esther, a rapaza que me precede, unha rubia de maneiras infantís e grande como unha versión en carne e óso dos xigantes de Terrassa, non para de divagar sobre o nacemento do seu irmán pequeno. As compañeiras non teñen piedade e rin e fan carantoñas. Pode que eu tamén o fixese, noutras circunstancias, mais a miña cabeza non para de barrenar. Necesito atopar algún feito que se lle poida explicar a esta panda de bebedoras de Pêche.

Durante toda a intervención de Esther aínda escoito o «Non si, Alexandra?» que empregou Eva para obrigarme. Hai tempo que descubrimos a súa gran capacidade para os idiomas. Hai poucos meses que está en Barcelona e xa emprega un catalán moi correcto, cun agochado acento arxentino e numerosas frases feitas que entusiasman á parroquia local masculina. Por outra banda, sorpréndeme que me chame Alexandra. Todos, no instituto, chámanme Àlex para aforrar saliva.

Este pensamento dáme a idea para a miña parte do xogo. Sei que darei voltas sen parar; así que xusto no momento en que Esther acaba, esixo a miña vez.

—Agora tócame a min, non?

—Claro, amiga, pero *no se me amontonen*.

É inevitable que a Eva lle saia o castelán nalgúns momentos. Todos aproveitamos para meternos con ela...

—Este catalán de Eva soa estraño!

—Entendestes algo?

—Que *chachi*, la *mina*!

Frases así sempre deixan a Eva descolocada e avergoñada. Non hai nada que desexe con máis forza que integrarse no noso grupo de rapazas. Somos as únicas da clase que falamos catalán entre nós. E sentímonos ben orgullosas, máis que por convicción política, que non temos ningunha, porque é o recurso que atopamos para diferenciarnos dos outros grupos de Bacharelato. Eu entendo as aspiracións de Eva, pero a miña historia non ten nada que ver coa súa vida de emigrante.

—Tócame ou non? –Insisto, pensando que, dalgún xeito, axudareina a pasar páxina coa explicación do meu momento feliz.

—Directamente dende Leningrado... Àlex *Venga*!

—Marina, a próxima vez levas un sopapo! A miña familia era de Poltava, e non de Leningrado; que xa non existe, por certo. Ademais, xa sabedes que eu nacín no Eixample.

—Coidado, que a rusa quere ser catalana! Son de Poltava e cáeme a baba! –di Esther, cunha notable intención cómica, pero con pouca graza. E dirixíndose a Marina, que ten a botella de Pêche nas mans, engade–: Sopapo, sírveme outro vaso.

—Non esquezamos que Àlex naceu no Eixample, rapazas –corta de raíz Eva, mentres o Pêche servido por Marina enche cunha lentitude espesa todos os vasos baleiros–. Veña, rapaza, explícanos o teu momento de felicidade...

De súpeto penso no libro que descansa na miña mesa de noite, *Tokyo Blues*, a última novela de Haruki Murakami, con aquel protagonista tan chalado e as conversas interminables sobre o amor e o desamor.

E é que me encantaría a sensación do meu corpo estendido sobre as sabas, con dous coxíns ben colocados e o peso do libro no ventre. Pero atópome nunha casa ruinosa da Ciutat Vella e explico historias estúpidas… Algún escritor falou diso: «Cando estou nunha reunión social penso de súpeto no meu cuarto, cos meus libros e a música, e desexaría estar na casa lendo ou escoitando jazz», pero non lembro quen.

—Vale, vale –berro para calmar os ánimos–, pero non esperedes nada especial.

Un murmurio de desencanto esténdese polo pequeno comedor da casa de Eva, e seguro que algún viandante ergue a cabeza, curioso, cara ao balcón do primeiro piso.

—O momento máis feliz dos últimos tempos foi hai cousa de cinco ou seis anos, cando un amigo da escola me dixo que o meu nome se dicía igual en ruso e en catalán. Coido que aquel día sentín por vez primeira que ser catalá me gustaba, e que os meus pais non o fixeran tan mal, despois de todo.

Cando acabo, penso que foi moi breve, pero se cadra porque todas as miñas amigas quedaron en silencio e con cara enfurruñada. A tormenta non tardou moito en desatarse…

—Claro que si! Viva a catalá de Leningrado! –di Marina, mentres traga a miña ollada de odio e ri cun vasiño nas mans.

—Por iso vai sempre co pelo de loito e a roupa que semella saída dunha mina de carbón –engade Esther cunha inxenuidade insultante que cada vez resulta menos divertida.

—Eu coido que fai ben, esta rapaza –di a arxentiniña varrendo para a casa–. As persoas teñen que respectar e amar o lugar onde viven.

—Se visto de negro é porque me gusta. E ti –digo mirando a Esther– pareces un personaxe de Proust, sempre chea de encaixes.

O debate sobre a identidade e o oficio de Proust –as opcións son un cervexeiro alemán que sae na tele, un actor inglés das películas do Ken Bragas, por aquilo do «personaxe», ou un modisto galego– ocupa os minutos seguintes. Pero a caixa dos tronos abriuse de par en par, e eu tampouco estou disposta a pechala. Así que lanzo o ataque decisivo.

—Marina, que fagas bromas cun director tan serio como Kenneth Branagh non te exime de ser unha ignorante.

—Ai, que se nos enfada a bonequiña de Leningrado! –insiste Esther, cada vez máis bébeda.

—Agardade, que xa sei o que pasa –di Eva, meténdose de cheo na discusión, se cadra pensando que é a nosa maneira de proceder e que o sangue non nos salpicará a todas–: Iso é que a Àlex devorouna a paixón cando viu *Moito ruído e poucas noces*, e por iso lle gusta tanto o Ken Bragas...

Que Eva coñeza unha película tan antiga e que, ademais, sexa capaz de identificar ao seu director, déixame abraiada.

Non é necesario explicar o final da noite na casa de Eva. Só direi que, despois da malleira colectiva, pasamos dous días sen chamarnos. Pero hoxe, luns, vímonos no instituto e xa ningunha de nós lembra os vasos voando pola fiestra nin o pelo de Esther cuberto de Pêche, que aínda celebra as virtudes capilares dos melocotóns.

De camiño pensei un bo anaco na novela de Murakami, nas escenas eróticas que conseguen turbarme. Desexo de todo corazón poder comentala con algún dos compañeiros. Pero, no que respecta a xaponeses, poucos van máis alá das películas de medo que comezan a ser habituais na carteleira. Penso tamén que as cousas han cambiar, que non podemos pasar a vida falando dos dentes de Ronaldinho ou imitando os peiteados de Eva a de *Los Serrano*. Pero sei que se trata de desacougos sen fundamento.

Lonxe de transmitir algunha esperanza, no instituto o día é coma outro calquera. Se cadra aínda máis penoso. Mesmo a profesora de filosofía tolea e fainos un control sorpresa...

—Para coñecer o voso nivel real na materia –comenta nun ton burleiro.

O resultado: confundo a Kant con Schopenhauer. Pero moito peor lle sae a Esther, que deixa escrita unha frase para a posteridade: «A filosofía consiste en explicar os refráns con palabras difíciles.»

—E ti, así, caralavada! –bérrame a profesora mentres mira de esguello o meu exercicio, coma se confundir os dous insignes filósofos fose un chiste de *El club de la comedia*.

Pero se cadra ten razón. Eva mírame repetidamente a cara durante os minutos seguintes. E eu non teño ningunhas ganas de explicarlle como empregamos aquí esta expresión.

Capítulo 2

Durante o resto da semana a opinión que teño sobre o instituto non mellora demasiado. A profesora de filosofía ponnos outro control, este sen sorpresa. Esta vez relaciono sen máis problemas a Kant coa *Crítica da razón pura* e a Schopenhauer con *Sobre a liberdade da vontade*. Penso que así se decatará da nova Simone de Beauvoir que ten na clase. Mais, pese aos meus esforzos, xa me dixo que os resultados non me axudarán a recuperar os puntos perdidos. Pois que lle dean! Non soporto aos profesores que sempre levan a razón e que non recoñecen o esforzo dos alumnos.

A última «boa» noticia da semana é que as miñas amigas atoparon moi positiva a reunión na casa de Eva. Queren repetila e pasar dos outros compañeiros, que xa organizan a tarde do sábado en Gràcia. Finalmente quedan na estatua de Colón, para volver á casa de Eva e ir máis tarde á Vila Olímpica.

Ante este panorama tan excitante digo que me comprometín a axudar ao meu pai na tenda, que recibimos un encargo importante de embutidos ibéricos e que temos moito traballo. Trágano todo!

Así, o sábado atópome na casa, en plan bufo do deserto, mentres os meus pais gozan dunha fin de semana na casa que compraron hai pouco en El Masnou. Xa o teñen ben merecido, o descanso. E eu tamén.

Tal como fago nestas ocasións, sírvome un té ben cargado e engado unas follas de maría. Pero só porque me gusta o aroma. A cerimonia sempre é a mesma: estírome sobre as sabas, bebo o té a pequenos sorbos e gozo do silencio dos sábados. Xa sei que se trata dunha ilusión, que os coches quentan o asfalto como calquera outro día e que as pombas continúan facendo o seu repugnante glu-glu nas cornixas... Todo do máis vulgar e corrente. Pero entreténome observando os libros no estante novo, máis grande e con máis capacidade –o antigo estaba desbordado polos catro costados–, conecto o cedé co disco de Louis Armstrong do meu pai e soño cos prados da antiga casa familiar.

A fotografía onde se pode contemplar a granxa dos meus avós nas praderías de Poltava colga na entrada dende que decidiron alugar esta casa. Meu pai aínda explica, divertido, cómo foi o episodio co propietario. Semella que o personaxe quedou de pedra cando lle dixeron que querían o piso un minuto despois de atravesar a porta por vez primeira. Pero a miña familia era así: decidida, arriscada. E aínda lle reservaban outra sorpresa. Mentres meu pai lle daba a man a aquel home pequeno e desconfiado, miña nai sacou da bolsa o martelo, o cadro coa fotografía e uns cantos cravos envoltos nunha páxina do *Dehb*, o xornal de Kiev. Sen pensalo dúas veces, miña nai xa escollera a parede de diante da porta de entrada e colgara a fotografía da antiga casa. O propietario non dixo nada, e a meu pai gústalle lembrar que lle retivo con forza a man, como un xeito de evitar que os enviase á merda.

Mais, lonxe de romper o acordo, o propietario, en canto se sentiu liberado, achegouse á fotografía, mirouna con atención e puxo un sorriso sincero mentres miña nai lle explicaba os detalles, mesmo que pronto daría a luz unha nena e que se chamaría, me chamaría, Alexandra.

Sempre penso que podo identificar a casa e as árbores, o celeiro e as montañas, porque escoitei a explicación milleiros de veces. A foto é unha especie de nebulosa de grises e amarelos, e seguro que xa daquela, cando meus pais chegaron a Barcelona, debía custar moito distinguir algunha cousa. De todos os xeitos, miña nai sempre a mira con orgullo e non quere que ninguén a toque nin para quitarlle o po.

Cando xa estou tan cansa da música de Armstrong que lle faría unha operación de amígdalas volvo a Björk, sobre todo a *Homogenic*. Si, á Björk que todos os meus amigos e amigas consideran practicamente unha marciana. Pero poucas cancións me cambian tanto o humor como «Bachelorette» ou «Unravel». Ademais, descubrín que, se les a Murakami con Björk de fondo, entendes mellor a inquedanza colectiva que aboia sobre os libros do escritor xaponés. Ás veces coido que esaxera, que os seus personaxes sofren máis da conta, pero despois mírome a min mesma e non podo facer outra cousa que atoparlle acertos.

Se cadra estou toleando, tamén, e só procuro escusas para deixarme ir. Pero nada importa, mentres poida concentrar a miña toleira nestes momentos que teño que agradecer aos meus pais e ás estúpidas das miñas amigas. Imaxínoas, no porto da Vila Olímpica, guindando pedriñas ao mar mentres ensaian unha mirada de rapazas responsables que lles permita entrar nos locais de lecer.

Dende o póster de *Sete anos no Tíbet*, Brad Pitt asegúrame que, de seguir por este camiño, quedarei sen amigos nin amigas que me rían as grazas, pero respóndolle que non é a miña intención facer rir a ninguén e vólvome cara á outra banda do cuarto, onde aínda colgan as imaxes de *Bóla do dragón*, só por preguiza, porque non teño ningunhas ganas de poñer alí outra cousa.

Björk tamén esgota o seu repertorio, e xa escoitei cinco veces «Bachelorette». Decido ler un pouco, aínda que me propuxen non apurarme demasiado co Murakami. Non teño ningunhas ganas de acabalo e que me toque dubidar de novo entre Amélie Nothomb e Tolkien. Só lin tres páxinas cando soa o timbre da porta.

Penso que son os meus pais, que esqueceron as chaves da casa e tiveron que volver. Salto da cama, abro de todo a fiestra e corro cara á porta, que non puideron traspasar porque puxen a balda. Mentres levo a cabo as operacións necesarias para deixarlles o paso libre aos meus pais, procuro dentro de min a cara de boa nena. Cando abro a porta, xa non queda nin sombra do meu sorriso.

Diante miña teño a Eva, que comeza a falar sen parar. E faime pensar que non se ten que abrir nunca a porta nunha tarde de sábado, e máis se non queres sentirte protagonista dunha película de Ricardo Darín.

Si, Eva está na entrada. Pero só durante unha centésima de segundo. Retírome para non ser atropelada por esta especie de cacatúa con pilas Duracell.

—É que estabamos na Vila, *sabés*?, e todas aquelas amigas túas son unhas pesadas e, se non falan de tíos, só se dedican a chupar o dedo, e a min xa me pasou esa época, por iso...

De súpeto non sei se agradecerlle iso de «amigas túas» ou deixalo pasar. Ademais, tecnicamente poderían considerarse así: máis «miñas» que «súas». Estou disposta, con todo, a ser xenerosa e facerlle un préstamo. A Cacatúa plántase no medio do recibidor da miña casa; leva unhas medias coas cores do Arco da Vella e un xersei de la dos que facían as avoas cando a roupa non viña de Taiwán. O xersei é rosa e inspírame un terror sen comentarios ou, mellor dito, coido que teño que eliminar o rosa das miñas posibles cores, e mesmo licenciarme en químicas, se é necesario, para conseguilo.

—Que facías, *piba*? Soa, nunha tarde de sábado? Non terás algún rapaz agochado?

Semella que a realidade non dá tregua. Penso fugazmente en Murakami, abandonado sobre as sabas. Procuro unha resposta, ou unha orde. Non me sae ningunha das dúas. Eva camiña diante miña, a toda présa. Mete o nariz, un por un, en todos os cuartos da casa. Cando chega ao limiar do meu, aguanto un berro.

É que esta rapaza non sabe o que é a intimidade?

—Ah, pero se estás soa! Que ben, non si? –«Non, claro que non», penso, pero ela semella insaciable–: *Linda*, a casa! E o teu cuarto, tan, tan… *limpito*!

—Grazas –digo. Que máis podo facer, se non a guindo pola fiestra?

Baixo a miña vixilancia investígame a vida. Os libros do estante novo, que percorre cun dedo case sen unlla, os cedés... Estes míraos con pouca curiosidade e diríxese ao equipo de música para acendelo. Escoita uns segundos a Björk e di: «Un chisco rariño, non si?» Senta na cama, colle o libro de Murakami e pasa as páxinas coma se contivesen un debuxo animado. O meu corazón semella a piques de estoupar.

—Ven, *piba* –di golpeando a parte do colchón que queda ao seu carón–. Tes que atender á túa convidada.

Obedezo a orde e sento na outra punta da cama. Entre nós quedou Murakami e cólloo con decisión para protexelo das súas mans atoleiradas.

—Vexo que les moito –di, e non sei onde o ve porque a maior parte dos libros que compro, sen moderación, cando vou á librería repousan no máis fondo do armario.

—Se ti o dis!

—Ei, se te molesto, marcho. Non quero estragarche un bo momento –di, mentres me chisca un ollo como se estivese a piques de facer unha cousa inconfesable–, pero gústame que leas –engade pronunciando «le-as» coma se tivese na boca unha enorme porción de pastel de chocolate–. A min tamén me encantan os libros, sobre todo a poesía. Ah, a poesía! Gústache a poesía?

Mentres pronuncia a palabra *poesía* mira cara ao teito coa actitude da Virxe. Eu tamén, por se descubriu algunha das gomas de mascar que guindo ás veces e quedan pegadas como estalactitas ata que miña nai as descobre. Pero o teito está ben limpo. Non respondo á pregunta poética, e algo me di que só podo contraatacar…

—Xa liches a Murakami?

—A quen? Ao chinés con cara de poucos amigos? –di, mentres eu miro a foto da contraportada e penso que non o atopo tan antipático–. A verdade é que a literatura xaponesa non é o meu forte. Síntoo. Pero cóntame cousas deste Mulakami.

—Murakami! –corrixo, mentres penso que iso da literatura xaponesa lle quedou ben ridículo.

—Ah, pero non é chinés? –insiste, e seguro que a miña faciana non lle amosou a súa faceta máis agradable, porque enseguida di–: Moi ben, moi ben! Non farei ningunha broma estúpida. Coido que me contaxiei das túas amigas. Es moi seria, non si? Agora en serio. Explícame de que vai Murakami.

—Non sei que dicirche. Non acostumo falar dos libros que leo –digo pronunciando «le-o» en plan pastel de chocolate.

Agora si que me pillou a arxentiniña! Penso nos meus pais sentados no pórtico da casa e sinto unha auténtica envexa. Por que non fun eu tamén? Eva, se cadra ante o escaso interese que amoso polas súas preguntas, érguese e vai cara ao ordenador.

—Tes Internet? –pregunta, decidida a romper o xeo como sexa.

—Poi si, pero a conexión non é moi boa –respondo, e é ben certo, porque meu pai aínda non se decidiu a instalar o cable, e ademais todos os nosos aparellos son un chisco prehistóricos.

—Tranquila, eu tampouco teño banda ampla. Os meus pais quedaron nos libros de Losada –di e, mentres continúa falando, acende o ordenador. Eu non teño nin idea de que son, os «libros de Losada», mais tampouco me apetece confesalo.

—Pero non pasa nada, a que non? –di continuando o seu discurso inacabable e chíscame o ollo–. Nós somos doutra xeración.

—Se ti o dis…

Vexo que manexa o ordenador como unha experta e, sen consultarmo, enseguida atopa a maneira de entrar a Internet.

—Como puideches adiviñar a clave de entrada? –pregúntolle.

—É doado! –di, e eu penso: «Se cadra a vida é doada e eu non acabo de atoparlle o punto»–. Pero mira, agora amosareiche unha páxina xenial e agradecerasmo toda a vida.

Hai unha certa petulancia nas súas palabras pero tamén unha sinceridade cada vez máis aberta e contaxiosa.

—É unha páxina especial para solitarias coma ti e mais coma min. Entraches algunha vez en *Bookcrossing*? Ou, mellor dito –di rindo–, sabes que é, o *bookcrossing*?

Sei inglés dabondo como para adiviñalo, pero dígolle que me soa a «libro» máis un xerundio. Ela constrúe un neoloxismo con acento arxentino…

—Un xerundio? Si: «libreando», non é?

—Pero *crossing* quere dicir paso ou cruzamento –dígolle facendo a sabia–. Podería ser: «Pasando os libros».

—*Regio*! *Sos* toda unha anglófila *vos*!

—Non é para tanto, pero meu pai sempre di que temos que saber inglés, porque non se sabe onde podemos acabar.

—É intelixente, teu pai! O meu só pode concibir un pensamento: volver á patria, como se os arxentinos non fosen unha panda de europeos trasladados ao medio da pampa.

—Non coñezo apenas a Arxentina, á parte das películas, claro, pero coido que o teu comentario é inxusto.

Eva mírame, alarmada. Penso que non lle fai moita graza que lle contesten, pero xa somos dúas, e sinto que vou gañando un chisco de terreo. Na pantalla aparece a páxina principal de *bookcrossing-spain.com* e a discusión sobre a arxentinidade queda pendente. A miña amiga procura rapidamente a páxina catalá e entra no foro onde hai mensaxes de todo tipo.

—Hai outra acepción de *crossing* que sería algo así como liberar ou deixar á súa sorte. Pero os membros do *bookcrossing* tentamos que as liberacións sexan un chisco controladas. Deixamos os libros en algures e facemos unha ficha na páxina; despois intentamos seguirlles a pista.

—É dicir que intercambiades libros.

—Filla, se queres dicilo así, pero é moito máis emocionante. Seguir os libros é difícil e, se tes moita sorte, podes chegar a coñecer o destino dun dez ou, como máximo, un vinte por cento dos volumes que liberas.

—Entón é como tirar un libro ao lixo –digo, e Eva érguese da cadeira, moi enfadada e disposta a marchar.

—Vale, vale, perdoa! Xa sei que non estou moi positiva hoxe.

—Positiva? Máis ben semellas unha térmite que non atopa o seu burato no armario.

—Tes razón, Eva, pero non quero que marches, en serio. No fondo gústame que viñeses –digo, e non sei se é certo, pero hai algo nela que me atrae, se cadra porque as dúas somos extraterritoriais, quen sabe.

Despois de reflexionar uns segundos decide quedar. Pouco a pouco decátome de que Eva non é a rapaza descerebrada que aparenta moitas veces. Durante moito tempo viaxamos polas páxinas do *bookcrossing*, sobre todo polo foro, que semella unha especie de Messenger onde a xente organiza quedadas, inventa concursos... Un deles pregunta o título das novelas a partir do primeiro parágrafo. Fainos graza e intentamos adiviñar algún, pero sen moito acerto.

Finalmente comezamos a aburrirnos e deixámolo. Eva propón que vaiamos merendar ao Mauri.

—É carísimo, non?

—Pode que si, pero hoxe síntome espléndida, *vos* non? A vida, ás veces, ten estas cousas.

Así que merendamos e gasto os aforros de toda a fin de semana. Pero estase moi ben no Mauri. Ao final falamos de Murakami e prométeme que o lerá.

Tamén di que se sente feliz de ter atopado unha amiga coma min, coa que se pode falar de calquera cousa. Eu río con ganas e, cando me propón vernos ao día seguinte só lle respondo que igual si, que xa lle direi algo por teléfono.

Ao despedírmonos, a súa mirada é triste, pero eu non podo darlle nada máis e chegou o momento de continuar coa miña vida.

Este pensamento fugaz, «a miña vida», faime sentir ganas de rir e berrar ao mesmo tempo. Teño unha vida, eu? Se cadra a vida é ir ao instituto, bocexar coas amigas e ler libros pechada no meu cuarto?

Capítulo 3

Sábado pola noite. Aínda sinto como unha agresión constante a voz de Eva e as súas ideas, atractivas pero contraditorias. A patria, o tango, as amigas (as «miñas» aínda), a integración dos pais na sociedade catalá... Sempre exquisita, Eva, coa súa figura pequena e débil, e a autoridade dunha voz capaz de dominarte con ideas, reais ou de ficción. Eva, sempre disposta a envolverte coa súa rede traxicómica, luminosa e secreta. Todo á vez.

Do mesmo xeito que devoramos a fonte de pasteis case microscópicos na mesa do Mauri, así devoro, con auténtica paixón, os capítulos de *Tokyo Blues*, onde Murakami explica as estrañas circunstancias duns personaxes que, malia a enorme capacidade de comprensión e enerxía que translocen, viven con amargura e escepticismo a súa liberdade. A profesora de Literatura di que nos gustan as novelas coas que nos podemos identificar, pero eu non podo estar de acordo coa pasividade do protagonista. E, no entanto, gústame. Ten un espírito frío o que está namorado dunha persoa enferma e deixa pasar seis meses sen ir a vela? Quere aquel que é quen de procurar novas amigas, malia sentirse profundamente comprometido?

Son pensamentos que me confunden. Quero sentirme preto das palabras que tanto me fascinan, os personaxes, as paisaxes... E só atopo unha barreira que me fala da miña diferenza. Pode que non sexa suficiente todo o que fixen para formar parte do mundo que me rodea? Intento vivir nunha lingua que non se fala nunca na casa; só meu pai consegue articular algunhas expresións sinxelas cando está na tenda. Rexeito de xeito voluntario os ambientes onde podería atopar outros fillos de inmigrantes do Leste, normalmente demasiado pendentes das noticias dun país onde non vivín e que xa non sinto coma meu. E, pese a todo, véxome como unha estranxeira. Murakami fálame das miñas diferenzas, daquilo que non son, de personaxes cos que non me podo identificar.

Onte lin nunha revista unha entrevista co escritor xaponés na que se dicía que os seus libros son un auténtico fenómeno no Xapón, que mesmo hai un estilo de vestir creado a partir das súas novelas e que as rapazas atopan nelas comportamentos e expresións que senten coma propios. De súpeto, penso que Eva debe de ter sensacións moi semellantes ás miñas. Mais, no fondo, non sei explicalo.

Non quero ter a mesma vida dos outros. Que todo o mundo estea de acordo, que comungue coas miñas ideas. Mais podería ser moi feliz atopando sentido ás miñas dúbidas: a incerteza que sinto cando penso no futuro ou a estraña ansiedade que me provocan os pastos ucraínos cada vez que paso ante a vella fotografía... E, ao mesmo tempo, gustaríame ser invisible, percorrer as rúas do Eixample ou da Ciutat Vella sen ter que inspeccionar as persoas que me rodean, e todo para adiviñar cal é o seu veredito sobre a estraña rapaza de ollada estranxeira.

Non se trata de mirar sen que te miren. Non, non é iso. Gustaríame mirar sen pensamentos, esquecer as circunstancias, esquecer o futuro... e o pasado.

Domingo pola tarde. Dáme medo caer nalgunha das miñas depresións solitarias. Abandono a Murakami, que, por outra banda, xa hai un tempo que leo sen entender nada. Ocórreseme chamar a Eva e dicirlle que, malia a miña actitude pechada e antipática, paseino moi ben na súa compañía. Pero non o fago. Acendo o televisor portátil que me regalaron polo meu aniversario, mais só atopo debuxos animados e a Santa Misa. Finalmente, tendo aínda na cabeza a Eva e os seus ridículos pero divertidos comentarios arxentinos, decido acender o ordenador e percorrer un chisco a páxina do *bookcrossing* sen ter á miña amiga como guía.

Paso máis dunha hora no foro e engánchome nalgúns xogos literarios, sobre todo nun xogo semellante ao colgado feito a partir de títulos e autores de libros. Pero é como facer pasatempos e decido deixalo. Penso que debería de sentir curiosidade polos libros que liberan os *bookcrossers*, pero non se me ocorre ningún autor á parte de Murakami. As persoas que frecuentan esta web din que non lles gusta e queíxanse da tradución do título, que no orixinal é *Norwegian Wood*. En catalán titulárono *Tòquio Blues*.

Aínda un chisco decepcionada polas sensacións que me provocou Murakami, pecho esta páxina e a pantalla volve amosar o buscador. Se non se me ocorre nada, penso, podo introducir o meu nome. É un recurso que emprego con frecuencia cando me aburro. Sigo as pegadas na rede da xente que ten o meu nome, imaxínome na pel dos outros e así invento unha vida fantástica: profesora de inglés en Belo Horizonte ou bióloga no deserto máis oriental de Australia. Pero ao final sempre acabo rindo das miñas ocorrencias. Se cadra é o que necesito hoxe: escachar coa risa, sen freo.

Sen pensalo dúas veces, mais tamén sen moita confianza, escribo: «Alexandra».

O buscador do *bookcrossing* devolveume nove respostas acertadas. Na primeira, chámame a atención a frase: «Eu non diría que é a mellor», pero está claro que non fala de min senón dunha novelista de misterio. De feito, este resultado inicial non me chama tanto a atención, e paso aos outros. Pouca cousa, á parte das referencias a Alexandra Marinina, unha escritora rusa de novela negra que non me interesa demasiado...

—Deberías ler a Alexandra, é rusa coma ti e, ademais, chamádesvos igual. Se cadra tendes máis cousas en común –lembro que me dixo un día a miña amiga Esther, que só le novelas de «policías e ladróns». Non sei se me cae tan mal polas súas lecturas. O negro é un xénero que me provoca urticaria.

—Teño que lembrarche que non son rusa, que son ucraína? –dígolle adoito.

—Claro, rapaza. E que máis? –respóndeme cunha confianza ínfima no proceso descentralizador da

Unión Soviética comezado por Gorbachov, aquel que ten unha mancha na fronte que semella a illa de Nova Zelandia, un personaxe no que os meus país confiaron hai tempo.

Unicamente a última mensaxe do foro semella abrir un camiño suxestivo. Vén asinada por «Cronopio» e fala dunha tal Alejandra Pizarnik, arxentina. Así, escrito con *j*. «Debe de ser a semana porteña», penso, e clico enriba para ler a mensaxe completa.

A mensaxe de «Cronopio» pertence á sección «Ir de caza» e algo fai que a lea dúas veces...

> **Esta espectral textura de la oscuridad, esta melodía en los huesos, este soplo de silencios diversos, este ir abajo por abajo, esta galería oscura, este hundirse sin hundirse.**
>
> **Se alguén se sente conmovido por estes versos, poderá ler máis se atopa o libro que os inclúe. Está na cafetería Mauri, nunha das cadeiras, mais non lembro en qué mesa.**

«Un gracioso», penso, «un que quere facer a bromiña». Pero chámame a atención o nome da cafetería, o mesmo sitio onde fun con Eva. Tamén é certo que este, e non outro, é o sistema que empregan os membros da páxina. Pero os versos chamáronme a atención. Volvo para descubrir os motivos e non teño moito éxito. Algunhas lecturas despois penso que se cadra ten relación con aquel proceso de identificación do que nos fala sempre a profe de Literatura. Ela diría que me chegan porque o meu eu máis íntimo se sente identificado! Pero que sei eu, do meu eu máis íntimo? Coido que se soubese algo del me asustaría!

O feito de coñecer a cafetería, que non está lonxe da miña casa, fai que, sen pensalo demasiado, baixe a todo correr polas escaleiras do bloque. Na rúa, leo unha vez máis os versos que levo impresos nunha folla. Como se necesitase aprendelos de memoria, como se, sen esta condición, non os merecese. Miro o reloxo. Meus pais non tardarán moito en volver. Ata deixo o ordenador aceso, xa que só me lembro del cando xa camiño a grandes alancadas cara ao meu obxectivo.

Hai horas que o tránsito cambiou a calma do domingo no Eixample por un balbordo de bucinas, fume e monstros de ollos brancos. Hai vehículos subidos ás beirarrúas que agardan cos maleteiros abertos os días de descanso, o silencio dos garaxes. As tendas pechadas transmiten unha sensación estraña, como se as rúas se espisen de súpeto e se amosasen núas á nosa ollada.

Nada diso me detén. En poucos minutos atraveso Muntaner e Mallorca; Diputació xa está na esquina. Dóbroa pensando aínda naquel final, «hundirse sin hundirse», mais cando o fago teño unha sorpresa desagradable. A cafetería está case ás escuras e as persianas de reixa, pechadas. Un momento: todas menos unha, que aínda está a media altura! Achégome aos vidros e vexo que hai unha luz ao fondo, que alguén aínda traballa, pode que unha limpadora. Sinto que estou disposta a todo, e chamo ao vidro. Fágoo repetidamente. A única persoa que semella haber no interior non se dá por aludida. Chamo máis forte, e levanta a cabeza e faime sinais cos brazos, pero xa o sei, que pecharon. É tan evidente que comezo a empurrar a porta e todos os vidros tremen. A actitude da muller, que se achegase correndo, asústame un chisco, pero comprobo que ela está moito máis asustada ca min. Volve a facerme aquel sinal cos brazos e coas palmas cara abaixo, pero eu berro con ganas…

—Esquecín un libro! Por favor, ábrame! Só será un momento! –coido que entende a miña desesperación porque deixa de repetir o movemento e achégase aínda máis. Entón comezamos un diálogo absurdo a través da fenda que deixan os vidros…

—Rapaza, non che dixen que está pechado? Eu só son a limpadora –di.

É maior, e penso que xa debería de estar xubilada pero que, en troques diso, limpa… Se cadra para completar a escaseza do pensionista.

—Por favor, é moi importante. Mañá teño un exame e necesito o libro –insisto, e penso que son unha mentireira compulsiva.

Agora a señora faime sinais para que acougue e pregúntame a mesa onde estaba, pero eu non teño ningunha resposta. Coas mans indícolle a parte máis afastada do local e ela diríxese alá, solícita, movendo con dificultade o exceso de peso.

Volve e non leva ningún libro nas mans. Di que non o atopa, que volva ao día seguinte e que a estou poñendo nun compromiso. Pero eu insisto. Bérrolle que non lembro ben onde sentei, que volva a mirar. Sinálolle a outra banda da cafetería e ela pon cara de non entender qué pasa. Ao mellor non entende que non me lembre. Dá unha volta polas mesas de novo, pero tamén sen resultados. Penso que se cadra fun vítima dunha broma pesada, e boa parte da miña ansiedade desaparece. Ela di que o sente e que ten que volver ao traballo, sen dúbida aliviada por poder poñer punto final ao incidente.

Déixoa facer mentres me descubro maldicindo a Eva por conectarme a aquela web estúpida. Afástome mirando discretamente cara ao interior do local. E entón véxoo. Xusto nunha mesa que hai contra a fiestra, na cadeira da esquerda, hai unha silueta de cor amarela escura. Pego o nariz aos vidros e sei que é aquilo, un libro de tapas rústicas que chama moi pouco a atención ás escuras.

Cando me achego de novo á porta, a muller limpa o vidro que embazamos coa conversa. Non semella moi contenta de verme. Pero agora está ao meu alcance e dígolle que o atopei. Vou por fóra e amósolle a mesa e o libro. Ela sorrí; se cadra comezara a pensar que eu estaba tola. Abre un chisco a porta e dámo. Aínda non llo agradecín e xa se afasta cara ao interior. Debe de necesitar un Valium, pobre.

Pero xa non me interesa. Teño o libro nas mans: Alejandra Pizarnik, *Poesía completa*. «Así que era isto», penso, «un tocho». Comprobo que ten preto de cincocentas páxinas e ábroo ao azar. O resultado déixame plantada no medio da beirarrúa, xusto diante dunha tenda de mobles...

Esta lila se deshoja.
Desde sí misma cae
y oculta su antigua sombra.
He de morir de cosas así.

O poema titúlase *Vértigos o contemplación de algo que termina*. Non sei por que, pero relaciónoo con Eva e cómo deixa a súa pegada en todas as miñas cousas. Onte pensaba que, se era quen de tocar unha cousa máis, morrería. O son dunha bucina espértame das miñas fantasías e vexo que un coche, outro máis, tenta aparcar na beirarrúa. Lánzolle unha ollada asasina, pero volve a tocar a bucina e retírome, anoxada. Alguén berra dende o interior...

—Rapaza, a ver se vas ler á biblioteca! Non te amola!

Pero xa non me importa. Abrín o libro por outra folla e lin...

Manos crispadas que me confinan al exilio.
Ayúdame a no pedir ayuda.
Me quieren anochecer, me van a morir.
Ayúdame a no pedir ayuda.

Camiño sen rumbo unhas dúas horas lendo fragmentos, lendo poemas en prosa cun sentido que se me escapa. Pero ao mesmo tempo sei que me fan ben, que teñen algo que ver comigo. Esta muller arxentina, afastada no tempo, descoñecida, é coma se me falase á orella. Esta Alejandra Pizarnik coñéceme mellor ca min!

Capítulo 4

Chego á miña casa, e meus pais xa volveron do Masnou. Non é estraño porque xa son as dez e media e…

—Como nos dixeras que quedarías na casa, a túa nai xa estaba preocupada.

«É culpa miña», penso, «porque quen me manda explicarlles os meus plans, como se non soubese que, para os adultos, estas decisións son inamovibles». Pero descúlpome e invento unha razón ben sentimental, das que lle gustan á miña nai…

—Quedei con Eva, aquela rapaza arxentina que veu hai pouco ao instituto. Pediume saír con ela porque aínda non coñece moita xente.

—Ah, claro! Xa me lembro –responde miña nai abrindo moito os seus ollos azuis que non tiven a sorte de herdar–, e fas ben, Alexandra. Nós tivemos moi pouca axuda durante os primeiros anos, e menos mal que nos fixemos amigos daquel tendeiro sen familia… Pero tamén hai que dicir que teu pai só é unha bendición cando quere.

—Xa o sei, mamá, xa o sei –interveño antes de que explique outra vez toda a historia, que inclúe, naturalmente, os defectos e as virtudes de meu pai... E é que ultimamente só son capaces de dicirse as cousas se estou eu de intermediaria.

—Veña, deixa de darme bicos e dime qué queres comer. Teu pai e mais eu xa ceamos hai tempo.

—Uf, creo que non quero nada. Eva convidoume a pasteis e estou ben chea. Coido que marcharei ao meu cuarto a preparar as clases de mañá.

Polo visto eles tamén están demasiado cansos para oporse e, ademais, o concepto «preparar as clases» sempre dá bos resultados. Deséxolle boas noites a meu pai, que mira unha película do Oeste na televisión, e diríxome á entrada, onde deixei o libro de Alejandra ben agochado no paraugueiro.

Entro no meu cuarto e aínda podo sentir aquel olor doce de Eva. Na casa non somos moi afeccionados aos perfumes, e o seu invádeo todo, coma se se agarrase ao interior do nariz e xa non fose posible desfacerse del. Abro a fiestra e sorpréndeme o ruído dos coches que aínda volven da fin de semana. «Non terei un momento de paz», penso. Pero, unha vez máis, soluciónoo coa música de Björk. Acendo o ordenador, introduzo o cedé pirateado da rede, e deseguida comeza a soar *Homogenic* dentro do meu cerebro, ben protexido polos auriculares profesionais que comprei con grande escándalo por parte da miña nai...

—Illarte! Por que necesitas illarte ti?

Collo o libro de Pizarnik e busco un papel ou unha nota no interior, por se a persoa que o abandonou ten ganas de dicir algo. Pero non hai nada, á parte do selo dunha librería da rúa Aribau. E tampouco a información sobre a autora é moi explícita. As solapas só din que é arxentina –xa ves que novidade na miña vida!– e que foi admirada por André Pieyre de Mandiargues, Octavio Paz, Julio Cortázar e Rosa Charcel. Dos catro, só coñezo a Cortázar, e de oídas. A profesora de Literatura dixo un día na clase que era o autor dunha novela magnífica; *Rayuela*, coido que se titula. Na contracuberta hai unha frase daquel Pieyre, que semella un nome mal escrito, onde explica que os poemas de Pizarnik teñen que ver á vez co amor e co terror. Non entendo ben a broma, pero dispóñome a ler, convencida de que están cheos daquilo que alguén chamou «alimento para o espírito». Ou foi Eva quen o dixo?

Non me equivoquei nada. Dende os primeiros versos, o flipe vai aumentando, aínda que a miúdo se me escapa o significado. De súpeto chego á páxina 18 e quedo cos ollos como laranxas. O poema titúlase *Vagar en lo opaco* e fala de pupilas…

Mis pupilas negras sin ineluctables chispitas
mis pupilas grandes polen lleno de abejas
mis pupilas redondas disco rayado
mis pupilas graves sin quiebro absoluto
mis pupilas rectas sin gesto innato
mis pupilas coloreadas agua definida
mis pupilas sensibles rigidez de lo desconocido
mis pupilas salientes callejón preciso
mis pupilas terrestres remedos cielinos
mis pupilas oscuras, piedras caídas.

Érgome e procuro o espello na cómoda. Miro os meus ollos cada vez máis de cerca, coma se quixese descubrir alí as abellas, a auga definida, as pedras caídas... Por que teño que envexar sempre os ollos da miña nai? Se os meus son coma un disco daqueles antigos, un disco de Chico Buarque ou Maria Bethania, dos que os pais gardan. Os meus ollos deben de ser, entón, coma un disco raiado, daqueles que distorsionan as cancións, a realidade, por dicilo alto e claro?

Leo un bo anaco. Cada vez estou máis enganchada á voz de Pizarnik, sentindo cómo se apodera de min con tanta forza que chego a pensar que as súas palabras son miñas. Saen do meu interior para vagar pola estancia. Pronto terei que pechar a porta, enreixar a fiestra e poñer illante nas fendas para que non escapen por alá. Mentres tanto, non deixo de lado o espello. Gozo unha vez e outra máis dos meus ollos negros. Coma se os recoñecese despois de moito tempo. Coma se por primeira vez me decatase da súa existencia.

Björk soa no meu cerebro. O meu illamento. Si, mamá, illamento! É unha noite miña, tal como escribe, como escribo cos versos doutra...

La noche bebió vino
y bailó desnuda entre los huesos de la niebla.

Esperto e atópome toda suada, como me pasa cando tiven un pesadelo. O libro de Pizarnik está na mesa de noite, mais non teño conciencia de deixalo de ler, nin de sacar os auriculares, nin de coller a colcha que alguén me estendeu por riba. O reloxo marca só as sete e media da mañá, mais o sono semella que me abandonou para sempre. Espertei coma se o fixese por primeira vez. Son alguén que acaba de chegar. A nova Alexandra. Teño uns desexos enormes de vivir. Os versos bailan dentro de min. Coma unha música alegre, unha música que me provoca sensacións descoñecidas...

Comezo un día normal dun xeito normal. A poesía sáeme polas orellas. Todo me parece agradable. Abro a fiestra e lembro o meu medo nocturno a que me escapasen as palabras. «Delirios», chamaríalles Eva...

—*Vos sos* unha soñadora!

—E *vos* falas dúas linguas á vez, e semella que é contaxioso!

De súpeto tamén me satisface o ruído dos coches, o balbordo que comeza a transmitir a rúa. «É o meu *kaos*», penso. Saio correndo cara á ducha, disposta a cambiar toda a miña pel co novo xabón especial Spa que comprou miña nai. Entro na cociña cantaruxando. O pan salta de golpe da torradora e meu pai perde a metade dunha galleta no enorme lago do seu café con leite.

Mentres camiño cara ao instituto non deixo de preguntarme quen pode ser o tolo –ou a tola!– que abandona un libro tan especial como o dos poemas de Pizarnik. Se cadra unha rapaza que xa o tiña aburrido? Un rapaz que así se sente máis sensible? É un misterio que substitúe a intensa sensación que a lectura me deixou. Estou case no instituto e vexo a Eva que avanza cara a min coa decisión de quen ten moitas preguntas que facerme.

—Que? Como pasaches o domingo? Chameite á casa pero non estabas.

—Non, igual saíra –respondo facendo a dura, pero a historia quéimame por dentro.

Finalmente explícolla en pouco máis de tres minutos. É unha marca que apuntarei no meu libro *Guinness*. Ela non abriu a boca en todo este tempo.

—Diaño! –di, ben trastornada pola Alexandra comunicativa e amable que atopou.

—Eva, tes que aprender outras exclamacións. Non sei... Carallo! Mi madriña!... Este tipo de palabras... É que sempre dis «Diaño!», coma se non soubeses ningunha outra.

A miña amiga mírame cunha expresión perplexa. Achégaseme moito e di...

—Merda! Iso tamén vale, non si? –penso que se enfadou, pero deseguida escacha coa risa, e eu con ela. Se cadra é certo que estamos condenadas a ser amigas? Como quedará a miña fama? E a miña sona de ter mal carácter?

A hora de comezar as clases cáenos enriba e atravesamos a porta do instituto aínda rindo. Uns metros máis alá atopamos a Ricard, o rapaz que me persegue dende o curso pasado. Non sabería dicir se é guapo ou se ten cara de parvo. Todas as rapazas están tolas por el. E el só ten ollos para min, coma se lle gustase que o maltratasen. Non sei se é pola poesía, pero teño a imaxinación moi esperta esta mañá. E ocórreseme unha ben boa...

—Que facemos agora? –pregunta Eva, sorprendida pola parada en seco e o cambio de dirección.

—Queres ver tremer alguén?

—Que dis! Que queres facer?

Ricard non espera o asalto. Só consegue dicir un «ola» minúsculo, mentres se afasta un chisco dos seus amigos. Entón é cando eu asalto o castelo. Alexandra en acción, e Eva como única espectadora...

—Ricard! Bos días, tío! Aínda queres saír comigo?

El queda apampado e mira a Eva coma se quixese dicir: «Eu non teño a culpa, eu...»

—...Eu non sei se é o momento...

—Pois para min si que é o momento. Ou cóllelo ou deixámolo pasar. Como o ves?

—Queres dicir se saímos ti e mais eu, xuntos...?

—Tío, se che parece podemos saír separados: ti por unha beirarrúa e eu pola outra!

Eva mantense moi pegada a min e vaime beliscando o brazo. Eu sei que se esmendrella de risa e que, se continúo con esa comedia, pode que teñamos que chamar á limpadora. Decido ser benévola...

—Douche dúas horas para decidirte.

—Vale, dúas horas...

Deixámolo plantado no medio do corredor, e Eva empúrrame para dentro. Dificilmente pode aguantar os libros, cunha man no meu brazo e a outra tapando a boca.

É unha sorte que a profesora de Matemáticas nos deixe sentar onde queiramos. Eva e mais eu ocupamos un banco ao final da clase e charlamos como descosidas aproveitando que a profe pasa a metade do tempo escribindo problemas no encerado. Copiamos os problemas coma se fosen un debuxo. Só empregamos a mirada e as mans...

—Así que che fascinou Pizarnik. Créocho. Hoxe semellas outra, baixo o influxo dos versos...

—Queres dicir que a liches?

—Pois claro! Coidas que me podería considerar arxentina se no soubese que...

Una flor
no lejos de la noche
mi cuerpo mudo
se abre
a la delicada urgencia del rocío.

—Este poema... lino... Titúlase...?

—*Amantes.*

—Iso mesmo. Mira, Eva, non sei se sentira algunha vez o que experimentei onte. Era coma se os versos...

—...os escribises ti mesma.

—Si, pero como o sabes? Non, deixa, non mo digas, xa o sei... No fondo todas somos iguais: adolescentes e nunha idade difícil.

—Eu non diría iso. Intentei moitas veces explicarlles ás miñas amigas que Pizarnik existe e sempre pasaron moito dela. A xente opina que a poesía é un aburrimento, que é unha cousa de espíritos elevados, unha perda de tempo.

—Non creas... Supoño que eu pensaba algo semellante ata onte á noite.

A profesora vólvese e lánzanos unha ollada fulminante. Paramos a conversa. Copiamos en silencio uns minutos. Despois dígolle...

—Tes máis libros dela?

—Pois non. Non ten moitos. O libro que che pasaron é de cor marrón?

—Si, un tocho. Coido que da Editorial Lumen!

—Pois é a súa obra completa. Tamén hai publicadas algunhas cartas súas, pero non sei onde.

—Vaia, queres dicir que o tío este do *bookcrossing* xa non dará máis sinais de vida?

—Tío? Como sabes que é un tío?

—Dixen tío? Ben, non sei, pero supoño que é unha intuición que teño.

—Que intuitiva! E, falando de intuicións, que decidirá, Ricard?

—Ricard?

—Alexandra! Non lembras que te acabas de declarar?

—Ah, iso! Pois caerá rendido en canto acabe a clase. Ves que tirantes ten os músculos do pescozo?

—*Vos sos* unha presumida! Xa o vexo –di Eva e dáme un golpe co cóbado que guinda o meu bolígrafo baixo a outra ringleira de bancos. A profesora vólvese como movida por un resorte...

—Àlex e Eva, é a última advertencia –di, e engade–. A primeira, a segunda e a terceira dounas por formuladas.

Collo o bolígrafo e volvo a sentar. Eva escribiume unhas liñas no papel...

«Saíunos poeta, xa entende aquilo da metáfora.»

Por toda resposta fago unha pelota co papel e lánzolla á cara.

Capítulo 5

A mañá do martes. Ou martes pola mañá? Pasei unha boa parte da noite lendo e relendo poemas. Finalmente, xa me atopo un chisco saturada. Non levo o libro de Pizarnik ao instituto. Sería esaxerado, coma se non fose posible mesturar a vida cotiá coas miñas sensacións coma lectora. E ao mesmo tempo penso que están moi presentes e que xa non podo ser a mesma despois de percorrer o mundo da poetisa arxentina. Teño dúbidas. E unha certa congoxa que me impide comer: nin sequera beber o vaso de leite que miña nai me ofreceu.

Baixo pola Rambla de Catalunya e vexo un rapaz que intenta enzoufarse de sal para converterse nunha estatua humana. É como unha nova especie. Figuras de carne e óso que acaban plastificadas ou cubertas de pintura dourada. Algúns viandantes pisan o sal, que se espalla inevitablemente polo chan. O rapaz aproveita o desconcerto e úntase cunha crema pegañenta que despois cobre coas pedras salinas. En poucos minutos só lle quedan ao descuberto a cabeza e as mans.

Sobre unha cunca tamén chea de sal, a xente déixalle moedas. Continúo o meu camiño antes de que a súa renuncia á humanidade sexa definitiva. Se me paro máis tempo chegarei tarde. Sorpréndeme unha certa ansiedade por ver a Eva, por comentar con ela as lecturas nocturnas. Necesito compartir a estraña combinación de tristura e celebración da vida que destila a poesía de Pizarnik.

Eva, Pizarnik, a poesía... Non está nada mal! Só pasou unha semana, despois da desastrosa festa na Ciutat Vella, dende que tomei a gran decisión: afastarme do mundo coñecido! E do descoñecido, tamén!

Na entrada do edificio diversos grupos rivalizan pola roupa deportiva. Tamén hai motos relucentes e peiteados estrafalarios. Cada ano que pasa fanse máis evidentes estas ansias de diferenza. Todos teiman en reivindicar un estilo propio, unha relixión excluínte, unha violencia que confunda aos demais.

Eu só aspiro a atopar unha maneira de ser, de actuar: quero vivir unha existencia que recoñeza como propia. Aspiro a ter unha idea de como enfrontar as cousas antes de encararme a elas. Odio ir a cegas cara a ningures. Se cadra por iso me odio a min mesma cando Ricard se me achega, atractivo, con estes vaqueiros que fan lucir aínda máis o seu corpo de futbolista líder. Antes, do equipo da escola; agora, do instituto.

Plántaseme diante e percorre o meu contorno coa mirada. Penso que non quere cruzala cos meus ollos. Mais axiña entendo que non se trata diso. El só se sorprende de non atopar a Eva. A miña amiga aínda non chegou. Se estivese, non me deixaría soa neste intre. Boto os ombros cara atrás. Sen ánimo de ofrecer un contrapunto aos seus músculos, só por sentirme máis segura, por conseguir unha posición un chisco vacilona, coma onte cando lle pedín unha resposta.

—Vexo que a túa amiga non veu hoxe.

«Máis claro, auga. Un libro aberto sen palabras», penso, «un simple corpo cheo de harmonía que non esconde nada».

—Se cadra chega tarde –respóndolle–, pero ti non tiñas que darme unha resposta?

É definitivo. Non me sae a firmeza do día anterior. Debeu espertar noutra cama, lonxe de min. Nin sequera consigo falar sen abaixar os ollos. Onde estás, Eva? Necesito a túa enerxía, uns cantos verbos en porteño para inspirarme.

—Pois penseino moito, pero coido que me arriscarei.

—Que te arriscarás? –pregunto, un pouco desconcertada.

—Si, é un risco. Mira, Àlex, non sei se o dixeches en serio ou se só querías presumir de dura diante da túa amiga, pero acepto. E coidado! Agora non te podes botar atrás.

—Non o farei, aínda que estás fóra de prazo. Xa entendo que isto meu é unha sorte de penitencia.

—Ves? Non o tomas en serio. Pero acepto de todos os xeitos. Quedamos despois, á saída. Podemos merendar xuntos.

—Si, claro.

Miro o seu corpo mentres se afasta. Que pensa, este pámpano? Síntome atrapada nunha espiral que non desexo. Pero só vexo iso: un corpo erguido, unhas costas impresionantes, as mans nos petos traseiros dos vaqueiros... «Iso, todo iso é meu. Quérelo ou non?» E eu non sei nada. O resto do mundo vai desaparecendo e a min non me quedan ollos. Entendo que a pequena vitoria fixo que crecese, e é coma se as súas costas de futbolista quixesen agocharme a realidade.

Merda de Àlex! Fíxome sentir idiota, superficial! É unha sensación desagradable. Arrepíntome de dicirlle que si, de provocalo. Penso que algún día direi: «Eu era feliz con Murakami, vivindo as desfeitas dos demais, sentindo os delirios de Björk.» Polo menos, ela só se comunica co meu cerebro, non co meu corazón.

Alguén me cobre os ollos a traizón, polas costas. Todo se volve escuro. Xa non vexo a Ricard, nin o instituto, nin os grupos de alumnos. Perdo o sentido da vista. É coma se eu mesma deixase de existir. Vólvome con violencia mentres retiro aquelas mans que me negaron. E atopo a Eva, cun sorriso de lagoa patagónica.

—Ostras, rapaza! Xa non es unha nena para xogar a estes xogos! Entendes? –bérrolle mentres vou cara á porta do instituto. Non me preocupa nin un chisco se me segue ou se quedou atrás, petrificada.

—Àlex, queres esperarme? –Non hai dúbida de que me segue–: Non tiña a intención de amolarte. Non corras, diaño, que semella que te adestres para saír co futbolista.

Cando escoito isto, deténome coma se puxese o ABS. Ela avanza. E plántase diante miña, con cara de boa rapaza. Mira que é burra, Eva! Burra marabillosa! Onde atopa estas frases?

—Non terei que adestrarme para saír con Ricard. Xa me dixo que si, que hoxe iremos merendar.

—Mira que ben! E iredes soíños, sen ningunha carabina? Merendaralo ti a el? Ou será ao revés? Non entendo este país. Todos son metáforas!

—Pon o freo, pon o freo! –digo, un chisco asustada polo seu realismo sen trabas–. Vas demasiado lonxe. Polo menos neste intre.

—Queres dicir que podo ir? –pregunta, e penso que exaxera un pouco coa proposta.

—Síntoo, Eva. Pero non lle inspiras moita simpatía. Máis ben coido que o intimidas.

—Pobriño, nin que eu fose defensa central do Boca Juniors.

—Eva! –bérrolle, e semella que este é o meu xeito de comunicarme hoxe–, queres deixar de facer frases de *El club de la comedia*!

Entramos na clase aínda discutindo. Ela ponme a man no brazo e pregúntame: «Xa me dirás que é iso de *El club de la comedia*, eh?» Si, xa llo direi. Agora a profesora de filosofía espera na tarima, con cara de poucos amigos e a súa ollada asasina, xa famosa entre os alumnos. Dedícanos un aceno de noxo denunciable, coma se non lle acabase de gustar a parella que formamos. Debe de pensar que sempre organizamos balbordos innecesarios. «Pois telo claro, guapa», fágolle entender con todos os músculos do meu corpo (coma se me adestrase, agora si, para saír con Ricard), porque hoxe sentaremos xuntas.

—Podemos gozar dun pouco de silencio? –esixe a filósofa, mentres golpea cunha regra de plástico a mesa metálica facendo un son ridículo.

—Veña, profesora, que só pasan dous minutos da hora –di algún cursi que se agocha nas últimas filas.

—Coa próxima graza haberá un suspenso xeral. A que me entendedes?

Toda a clase garda un silencio de sepulcro romántico. Porén, é falso. Só cómpre mirar con atención os ollos dos alumnos. Os beizos amosan un ricto sarcástico e desafiante. Ninguén o di: «e que?» Pero todos o pensan. Éche ben certo que a profesora se ergueu co pé esquerdo hoxe. Máis ou menos coma min. Enténdoa un pouco, malia a súa prepotencia.

Se cadra non é un bo día para sentar con Eva. Imaxínoa charlando coma unha descosida. Mais pasan os minutos e non di nada. Ningún comentario, ningunha broma sobre as medias que se moven pola tarima para o deleite dos rapaces. Eva non funciona hoxe. Non tardo en decatarme, pero case que me fai feliz. Coma se necesitase un chisco de tranquilidade. Non saco da cabeza a Ricard e o compromiso adquirido.

—Quen me manda...? –penso, mais as palabras sáenme en voz alta.

—Àlex!

—Si?

—Àlex e Eva! –o berro escóitase por toda a clase; arrepiante, sen dúbida–: Se continúan a conversa van fóra inmediatamente! As dúas!

—Pero se non...

—Nin unha palabra máis –di, e volve a falar de Rousseau, coma se alguén conectase realmente co seu naturalismo doutros tempos.

Eva dáme golpiños na perna e a sorpresa faime estremecer. Pero sinto que está ao meu carón. Faime ben sabelo. Agradézollo. Agradézollo profundamente cun sorriso.

A clase acaba. Eva continúa igual, tristeira. Penso que é unha Eva de circunstancias. Coma se a súa alma retornase á Arxentina deixando atrás un corpo moi prexudicado. Aínda temos media hora antes da próxima clase. Lévoa ata a Rambla. Penso que o fago por ela, para ver se se atopa máis ceibe e me explica qué lle rolda pola cabeza. Mais pode que a intención de fondo sexa outra: se cadra evito enfrontarme de novo con Ricard.

Imos baixando en silencio. Acabaremos xogando a non pisar as xuntas do pavimento. Moi cerca de nós a policía retén un rapaz moi novo. Ao seu carón hai un home maior, de aspecto estranxeiro, que intenta explicarse. Ten a pel vermella e move os brazos dun xeito estrambótico. Deténome con Eva a contemplar a escena, mais ela non semella interesada. Aínda que camiñamos sen présa, chegamos axiña á estatua de Colón. Se nos distraemos, será demasiado tarde para volver ao instituto, pero non sei se iso nos importa.

—Podo saber que che pasa? –dígolle, xa un chisco desesperada.

—Que me pasa? Pois un pouco todo e nada. Que me pasa? –repite automaticamente, anoxada–: Se cadra pretendes que sexa sempre a Eva Marabillas!

—Non, muller, claro que non. Só me preocupo porque... Ben, porque me preocupo, e xa abonda! É porque che molestou a miña reacción de antes, cando me colliches por sorpresa?

Eva detense e mírame aos ollos. Semella a piques de chorar, pero non podo ver se o fai, porque me aperta e quedamos as dúas plantadas ao final da Rambla. Pode que alguén nos confunda cunha estatua humana; sobre todo porque pasan uns cantos minutos longuísimos e non parece que a miña amiga queira cambiar de postura. Apértame moi forte e sinto como se me cravan os seus ósos. Está moito máis delgada do que aparenta a primeira vista, porque sempre vai vestida con talles xenerosos.

—Síntoo, Àlex –escoito que di. A voz saíulle case imperceptible, e agora si que sinto unha certa humidade sobre o meu peito, onde ela, moito máis baixiña ca min, se refuxiou–: Sinto non poder ser sempre a Eva Marabillas. Hai días en que non podo mirar cara ao futuro e o pasado é… É… Ben, non quero amolarte cos meus problemas. Non o mereces. Es a mellor amiga que tiven, non me deixes nunca.

—Xa o entendo, Eva –dígolle, e é mentira, porque non entendo nada–. Pero agora teriamos que marchar, se queremos volver ao instituto, claro. De todos os xeitos, se continuamos así pode que nos apliquen a nova ordenanza municipal e nos leven á comisaría…

Foi unha broma. Ten pouca graza, non o nego. Pero Eva ofendeuse. Desfai a aperta e sobe Rambla arriba a grandes alancadas. Eu vou detrás dela, como aqueles matrimonios que están sempre anoxados e teiman en manter unha certa distancia. Non a vira nunca así, pero coñecémonos tan pouco… Quédame un último intento por facer, pero resístome. Sei que será definitivo, e estes días téñennos moi fichadas, ás dúas, no instituto…

—Queres agardarme? –bérrolle, sabendo que é inevitable–. Mira, Eva, que che parece se imos facer un café? Sentaranos ben hoxe.

—Perderás as clases por estar comigo?

—Eva, por favor! Por ti perdería mil clases!

Xa está, xa o dixen. Non sei se me arrepinto, pero xa está feito. A miña amiga volve a darme unha aperta, pero esta vez é moi curta e non hai perigo policial. Imos en dirección á Plaça Catalunya. Aínda o facemos en silencio, pero Eva perdeu a cara de poucos amigos que levaba posta. En canto chegamos á praza proponme sentar na cafetería Zurich. Dígolle que é un lugar demasiado caro. Ela non lle dá importancia e asegura que me convida. Para celebralo! Eu non teño moi claro qué temos que celebrar, pero sempre me custou dicir que non a unha invitación.

Entramos no Zurich e procuramos coa mirada unha mesa tranquila. Hai moitas mesas baleiras. Se cadra porque todo o mundo senta na terraza observando á xente que desfila arriba e abaixo. Eva pide un chocolate. «Convenlle engordar un pouco», penso, pero non lle digo nada. Eu teño dabondo cun cortado descafeinado. É un costume terrible, herdanza da miña nai, que me convida cada tarde dende hai dous anos. Pero ben, supoño que é o seu último recurso para intentar que lle conte algo da miña vida, tan diferente da que ela experimentou cando era nova.

Por sorte, o interior da cafetería queda fóra do balbordo barcelonés. Eva semella agradecer a sensación de tranquilidade. Toma o chocolate moi pouco a pouco. Emprega a culleriña coma unha nena larpeira, coma se quixese alongar o instante. Non me arrepinto de faltar ás clases, pero sei que mañá terei unha nota da titora –a profe de Filosofía, mi madriña!– para os pais.

—Se queres, acabo isto axiña e marchamos –di Eva, que non parece preocupada–. Podemos poñer calquera escusa.

—Máis vale que non. Tampouco faltamos moito á clase, non cres?

—*Regio*, Alexandra! Graciñas –exclama, e non me acabo de acostumar a iso de que ás veces me chame Alexandra; todo o mundo me chama Àlex para aforrar saliva, pero non é cuestión de replicarlle agora.

—Se cadra deberías de saber algo máis de min –di de súpeto, colléndome por sorpresa.

—Mira, Eva, non tes que contarme nada. Todo está ben.

—Ese é o problema, Àlex: que non todo está ben.

—Que queres dicir?

—Que o meu nome non é Eva.

Non sei como quere que reciba unha confesión que comeza dun xeito tan sorprendente. Ademais, ela non ten présa. Continúa preparando con moito coidado cada cullerada de chocolate antes de levala á boca. Sen dúbida agarda pola miña reacción, pero eu quedo mirando para unha rapaza que se instalou diante da terraza da cafetería. Fai xogos malabares cunhas teas acesas. Os que ocupan as ringleiras dianteiras bótanse cara atrás instintivamente, pero cada movemento da rapaza transmite seguridade. Penso en dicirllo a Eva, pero ela adiántase ás miñas palabras.

—Chámome coma ti. Pero con *j*, claro: Alejandra.

—Que? Estás de coña!

—Non, claro que non. Meus pais puxéronme Alejandra polo personaxe de Sábato. Liches *Sobre héroes y tumbas*?

—Pois non, a verdade. É unha novela arxentina?

—Si, claro. Eu era Alejandra noutros tempos, antes de que todo se convertese nunha mentira.

—Non sei que queres que che diga, Eva –engado, e de súpeto non sei se é o nome máis axeitado; se cadra agarda que o cambie, pero algo me di que non é este o seu obxectivo–. A verdade é que estou un chisco despistada. Dis que non les novelas e chámaste coma a prota dunha, compórtaste como unha atoleirada e ás veces penso que semella que teñas catro ou cinco anos máis ca min, aínda que me doia recoñecelo. Eu escóitote, pero se non te explicas un pouco mellor…

—Sinto amolarte cos meus problemas.

—Ei, iso non é xusto! Se faltamos ás clases foi por unha proposta miña. Dito iso, podes contarme o que queiras. Ou non. Tamén podes quedar calada mentres miramos pasar o tempo. Pero non me fagas tolear.

—De acordo, de acordo! Tes toda a razón. Acouga. Non te poñas así… Que tes un carácter!...

—Non me poño de ningunha maneira.

Pero é mentira. A situación irrítame. Penso en deixala alí sentada e volver ao instituto. Á fin e ao cabo, dixo que pagaba ela. A rapaza das teas, ante as escasas moedas que recolleu coa súa actuación, decidiu tentalo en terrazas máis favorables.

—É unha historia que nunca contei –di de súpeto, mentres fai un ruído terrible coa culler raspando os restos de chocolate que quedan na cunca–: Non me chamo Eva, pero esta non é a única mentira que tiven que contar no instituto. Os que figuran que son os meus pais tampouco o son.

—Ei! debes de ser unha delincuente internacional, non si? –digo de broma, e sei que me arrisco moito, pero esta vez acerto e Eva/Alejandra ri con ganas, se cadra un chisco aliviada.

—Non, non son ningunha delincuente, pero non sería nada estraño que tivesen unha orde de «busca e captura» miña na comisaría máis próxima.

—Carai, isto promete –respondo mentres me recosto na cadeira, consciente de que a historia será longa.

Axiña xa só quedan Eva/Alejandra e a súa voz un chisco trémula. O resto do mundo deixa de existir…

Capítulo 6

—Como farei para que o entendas sen aburrirte? Se cadra debería de comezar cunha imaxe: a piscina cuberta por un mantel gris, unha mestura de lama e follas podres, e a auga que xa non merece este nome, senón que máis ben é o reflexo das equivocacións dos meus pais durante aqueles anos en que reinaba a felicidade.

»A piscina que co paso dos anos se converteu nunha charca chea de lama e lixo estaba situada nunha quinta, La Espenuca, na provincia de Entre Ríos, moi cerca da fronteira co Uruguai. E era o auténtico tesouro da miña familia, os Acebedo Rojas. Unha boa parte das actividades cotiás tiñan lugar ao redor das súas augas transparentes, que viñan por un canal dende o río e se anovaban cada tres ou catro días. O almorzo, a sesta, a cea, os momentos de lecer... Meu pai contratara, na vila máis próxima, dúas mulleres que nos solucionaban os traballos da casa, e non facer nada era a consigna máis pregoada en La Espenuca. Xa imaxinas como pode chegar a ser iso... De aburrido, quero dicir.

»Dende finais dos 80, a época en que compraran a quinta a un descendente de emigrantes galegos, utilizábana como casa de veraneo. Miña nai sempre se queixara daquela adquisición. Pensaba, e coido que con sentido común, que a quinta quedaba moi lonxe de Bos Aires e demasiado cerca de terreos pantanosos. A miúdo nos invadían nubes de mosquitos, e cada tres ou catro días meu pai tiña que sacar da piscina algún réptil ou facer fuxir estraños sapos que viñeran dos pantanos e que, sen dúbida, tamén sentían o desexo de tomar o sol polos arredores da casa. Todo aquilo facía difícil a vida alá, na quinta, mais unha boa parte do tempo meus pais estaban demasiado bébedos como para decatarse.

»Durante a miña infancia todo fora diferente. Mesmo diría que foramos moi felices, en La Espenuca. Meu pai comerciaba coa madeira; era unha especie de intermediario, digamos, entre as oficinas de Bos Aires e as grandes concesións da provincia de Corrientes. Pero miña nai odiaba a vida provinciana, e viviamos en Bos Aires. A relación co meu pai limitábase ás vacacións e a case todas as fins de semana. Entre Ríos quedaba a medio camiño, e a familia reuníase adoito na quinta despois de complicadas viaxes polas estradas do interior. A medida que o meu irmán ía crecendo comezou a quedar en Bos Aires, e eu víame obrigada a invitar algunha amiga para non morrer de aburrimento.

»Iso non era difícil. Malia o relativo período de estabilidade económica dos gobernos de Menem, a crise había tempo que se manifestaba entre a clase media arxentina, de tal xeito que ser convidado era unha ocasión de ouro, ás veces a única, para saír da capital. Moitos pais da escola soñaban con esta oportunidade para os seus fillos, pero eu era a que elixía. Ao final, só convidaba ás moi amigas, e poucas repetían. Si, é ben certo que gozabamos dunha gran liberdade en La Espenuca, que percorriamos os pantanos perseguindo paxaros, que iamos durmir cando nos daba a gana... Pero unhas por falta de costume daquela vida salvaxe e outras porque o tedio pode volverse agoniante e aburrido ata para as nenas da nosa idade, todas acababan ben fartas do campo.

»Agora son consciente de que meu pai era o único membro da familia que era feliz na quinta. Aínda que se dedicaba aos negocios, no fondo era unha persoa tímida e encantáballe a soidade do lugar. Daba longos paseos polos pantanos, ás veces na compaña da miña nai, e volvía sempre con algún pequeno insecto –un escaravello, unha bolboreta– ou o gorro dunha planta que lle parecía sorprendente. Si, tiña alma de naturista, mais só era un primeiro impulso. Adoitaba gardar aqueles trofeos en frascos e esquecíaos en calquera recuncho da casa. Non era estraño atopar por todas partes cadáveres ou follas secas que eran o produto das súas saídas.

»Cos paseos pola beira do pantano, as idas e vindas á vila para mercar provisións e as comidas memorables, o tempo transcorría feliz na quinta. Pero ningún destes momentos era, nin de lonxe, o máis estimado polos meus pais. Como che dixen antes, a auténtica estrela de La Espenuca era a piscina. Ao seu carón xuntabámonos para facer as comidas do día, para os xogos de mesa, para charlar ata moi entrada a madrugada e, sobre todo, para non facer nada. A piscina, que só era unha poza feita de cemento e azulexos, era o símbolo máis claro da nosa felicidade. Pero, sen dúbida, os elementos que máis contribuían a ela eran aquelas enormes hamacas que meu pai comprara en Bos Aires pouco despois de nacer eu.

»O verán en que cumprín trece anos foi o derradeiro daquela «felicidade» tan querida. Xa debes de ter adiviñado, porén, que era unha «felicidade» entre comiñas, unha sorte de tempo morto que a miña familia construíra e que cada un vivía dun xeito diferente.

»A «felicidade» non podía durar eternamente. Agora doume de conta de que aquel ano tiveran lugar pequenos acontecementos que habían de marcar os feitos posteriores. Os gobernos de Menem deron paso a unha época de grande incerteza. Os bancos arruinábanse e conxelaban as contas, a inflación disparábase e os presidentes sucedíanse sen tempo para arranxar a situación. Meu pai perdeu o traballo pouco antes do verán e volveu a Bos Aires. Entón caeu nunha longa depresión que o converteu nun home débil e ao mesmo tempo extremadamente violento. A vida na casa fíxose insoportable. Pero todos agardabamos que o verán cambiaría aquela dinámica negativa que se instalara entre nós. Así, o día que partimos cara a La Espenuca converteuse nunha gran festa. Miña nai ría por primeira vez en moitos meses e meu irmán tamén decidira pasar uns días na quinta, sospeito que a causa da debilidade da nosa economía. Mesmo semellaba que meu pai saía da súa tristura axudando na preparación da viaxe como todos os demais.

»Todo foi un espellismo. Si, é certo que os primeiros días, coa trasfega de poñer a punto a casa –non iamos dende había cinco meses–, semellaba que as cousas irían coma sempre. Mais pronto se fixeron evidentes os primeiros síntomas do cambio. O máis importante foi, sen dúbida ningunha, o abandono en que caeu a piscina. Aquela primavera case non chovera e a auga chegaba nunhas pésimas condicións. Un día meu pai quedou de acordo co meu irmán para limpala ao día seguinte, moi cedo. E era moi necesario, porque nunca se acumulara tanta sucidade; ás noites, coa escuridade, daba a sensación de que a auga era sólida e que podías atravesala sen afundirte. Mais ao día seguinte ningún dos dous se ergueu a tempo para levar a cabo aquel traballo. Nin aquel día nin ningún outro.

»A piscina quedou abandonada á súa sorte. Aínda nos reuniamos ao seu redor para as comidas correspondentes, e non era estraño que os meus pais alongasen aqueles intres durante toda a xornada, alleos aos bechos que corrían polo cemento e que a miúdo me facían agochar no interior da casa tremendo, non sabía se de medo ou de noxo. Aos meus pais non lles importaba nada, porque acababan desmaiándose sobre as vellas hamacas despois de tragar grandes cantidades de alcohol.

»Unha semana despois meu irmán decidiu volver a Bos Aires. Meu pai tomouno cunha indiferenza absoluta. As súas únicas palabras foron que non o faría cos seus cartos. Era unha gran verdade. Foi miña nai quen lle deixou unha boa parte dos seus pequenos aforros, se cadra consciente de que ninguén podía labrarse un futuro encallado en La Espenuca.

»Aos poucos días de marchar meu irmán, meu pai despediu as mulleres da vila que traballaban na quinta, supoño que a causa dos escasos medios económicos cos que contaban. Xa podes imaxinar que a vida naquel lugar tan afastado se foi convertendo nunha especie de martirio, e eu era a que recibía as consecuencias. Sentíame soa, ignorada, innecesaria. Miña nai case non tiña forzas para facer a comida de cada día, e meu pai acicalábase en canto se erguía coma se agardase a visita do ministro, pero a continuación instalábase na súa hamaca favorita e bebía ata desmaiar. Despois duns xuramentos que cada vez eran menos habituais, miña nai acababa na hamaca ao seu carón con outro vaso nas mans.

»Eu tentaba axudar, pero normalmente contaxiábanseme a apatía e o desinterese que reinaban ao meu redor. Supoño que estaba confundida, sobre todo pola actitude da miña nai, a quen non vira nunca naquel estado. O máis duro eran as pelexas que tiñan os dous cando xa estaban moi bébedos, pelexas que non acababan violentamente porque, por sorte, ningún dos dous era quen de reunir forzas para enfrontarse ao outro.

»O día do meu aniversario tentei chamar ao meu irmán, mais o teléfono tampouco funcionaba. Comeramos o contido dunhas latas, e meu pai non cumprira a súa promesa de levarme á vila para mercarme un regalo. Cara á media tarde durmían os dous a carón da piscina, alleos ao sapo que se instalara comodamente na mesa onde gardaban as botellas da bebida. Entón entendín que aquilo non tiña remedio, ou iso penso agora. Ata aquel momento atribuíra a indolencia dos meus pais a unha circunstancia pasaxeira, a un mal trago que tiñamos que pasar. Pero os seus corpos durmidos ou desmaiados nas hamacas déronme ganas de chorar.

»Xa me coñeces un pouco, e sabes que son unha rapaza positiva, alegre, se cadra inconsciente. Pero hai en min outra faceta que sempre escondo moito e que me leva a complicar a vida. Tamén son unha rapaza que non esquece nunca rañar os límites, a ver que sae. E aquel día, como non aturaba ver aos meus pais daquela maneira, decidín ir dar unha volta polos pantanos. Pasei horas mirando as idas e vindas dos paxaros, e cómo caía o día cara á banda das montañas. Cando me decatei xa anoitecera e custoume atopar o camiño de volta.

»A noite caía sobre La Espenuca, mais a luz débil da entrada da casa sempre estaba acesa. Varias veces tivera a tentación de estirarme en calquera recuncho e durmir ata o día seguinte, pero o medo aos animais que sentía correr entre as ramas e as malas herbas facíame renunciar a unha idea que me causaba calafríos.

Aquela luz, malia ser demasiado feble para a extensión que tiña que alumear, indicoume o camiño, e o medo desapareceu. A medida que me achegaba tamén distinguín con claridade a meu pai, que aínda estaba afundido na hamaca. Miña nai non estaba, e supuxen que fora durmir ao interior da casa.

»Non sei que sentín naquel momento. Coido que me repugnaba a debilidade de meu pai, que non soportaba o rumbo que colleran os acontecementos. Non te enganarei: tamén é certo que eu era unha nena consentida, sen moitos recursos para enfrontarme a aquela situación. Polo tanto, nun primeiro momento pensei en entrar na casa e deixalo ao sereno dixerindo o alcohol do día, que sen dúbida fora abundante. Mais sentín curiosidade por saber se o sapo aínda estaba na mesa das bebidas. Sabía que estes animais son capaces de manterse inmóbiles durante longos períodos de tempo, e achegueime.

»Meu pai roncaba con suavidade; víaselle satisfeito por aquela longuísima sesta. O sapo xa non estaba na mesa. Mirei polos arredores por ver de atopalo, pero sen éxito. Finalmente camiñei pola beira da piscina. Tampouco estaba, pero a imaxe que entón contemplei persígueme dende aquela.

»Era miña nai, que aboiaba boca abaixo na piscina. O seu vestido amarelo destacaba moito entre as inmundicias que se acumularan. Coido que quedei uns minutos inmóbil, se cadra incapaz de entender aquilo que vía, non sei. Pero si lembro que corrín a espertar a meu pai e que, despois de axitalo con forza, só conseguín uns gruñidos e o amago do que semellaba un sopapo por espertalo. Eu esquivei o golpe mentres tomaba conciencia da incapacidade de meu pai para axudarme. Foi entón cando me lancei á piscina para tentar sacar a miña nai, pero só tiven forzas para achegala ao bordo.

»Imaxinas, Alexandra? Sabía que estaba morta, pero quería sacala da piscina e era imposible. Berraba pedindo axuda a meu pai e, nun momento en que limpei os ollos de lama e lixo, vin que se erguía da hamaca, que ía cara á mesa das bebidas e se servía unha copa aproveitando os restos de dúas botellas.

»Saín da piscina despois de facer grandes esforzos. Sentíame pesada pola cantidade de sucidade que se me pegara ao corpo. Cando conseguín poñerme de pé tiña ganas de berrar, de pregarlle a meu pai que a sacase da auga, pero só corrín, lanceime campo a través ata a vila e, dende unha cabina, telefonei á policía e ao meu irmán.

»No verán haberá tres anos daquel horror. Non volvín a ver a meu pai, nin quixen volver á quinta coa policía; estaba tan histérica que supoño que non foron quen de obrigarme. Coido que, despois das miñas declaracións, levárono ao cárcere durante un tempo, pero ao final non atoparon nada na súa contra e deixárono marchar. Meu irmán foi quen se ocupou de min. En pouco tempo vendemos todo o que había de valor na casa de Bos Aires e, moito antes de que meu pai saíse do cárcere, collemos un avión cara a Barcelona, onde temos parentes.

»Non podía volver a velo, Alexandra, non podía! Repetinllo tantas veces ao meu irmán que non tivo outro remedio que tomar aquela decisión. Por sorte el era maior de idade, e o país tiña tantos problemas que ninguén se decatou da nosa fuxida. Este é o motivo polo que xa non me chamo Alejandra. Sabemos que o noso pai contratou os servizos dun detective para atoparnos, pero os meus parentes ata cambiaron de casa cando coñeceron toda a historia.

»Esta son eu, miña amiga, unha rapaza que querería converterse nunha pantasma.»

Eva/Alejandra queda en silencio, e sei que non é outro silencio dos que se foron repetindo ao longo da súa historia. Non sei que dicir, nin que pensar, nin que facer. Xa non me importa a xente que hai ao noso redor, nin escoito o balbordo da rúa. Só teño ganas de abrazala, de ofrecerlle algún consolo. Pero non se me ocorre nada, e tampouco a abrazo. Quedamos as dúas cara a cara, sen palabras. Non son quen de resistir a intensidade dos seus ollos chorosos e fago reconto das cabichas que hai no cinceiro… Unha, dúas, tres, catro…

Cando chego a doce, volvo a comezar.

Capítulo 7

Hai poucas cousas que dicir despois da confesión de Eva. Saímos á rúa e, mentres baixamos pola Rambla, ocórreseme mirar o reloxo que hai no edificio da FNAC. Xa deron as tres. Se nos descoidamos, pecharán o instituto e nin sequera poderemos recoller as mochilas que deixamos na clase. Dígollo á miña amiga, e de súpeto semella moi preocupada...

—Oh! Mi madriña! Esquecinme!

—Que esqueciches? Mira que chegaremos tarde e non sei onde acabarán os nosos libros –respóndolle, pero en realidade gustaríame dicirlle que non me estraña que esqueza as cousas, con todas estas historias antigas que lle bolen nas entrañas.

—Àlex, marcho, que lle prometera a meu irmán que comería con el no restaurante da Laie. E, ante a miña cara de curiosidade extrema, di–: É representante, sabes?, e hoxe é o único día que podemos xantar xuntos. Despois marchará unha semana ao País Vasco.

—Vale, pero está o asunto das mochilas –dígolle, mentres penso que a unión entre os dous irmáns sen dúbida é moi forte.

—Àlex, tesme que facer un favor.

—Que favor? Ah, non! Ti queres que che colla os libros!

—Por favor, a bolsa non pesa moito. Só levo o libro de mates…

Teño a impresión de que Eva pode facer comigo o que queira. É o que penso mentres saio do instituto cunha mochila nas mans e outra nas costas. Mais a lembranza do seu sorriso cando se afastaba correndo para chegar á cita e se volveu para despedirse de min reconfórtame. Semellaba feliz; aliviada, se iso é posible.

A desaparición de Eva ten outras consecuencias. Na porta está Ricard, que acabou o adestramento e fai bromas cos compañeiros de equipo mentres eles fan ruxir os motores das súas motocicletas trucadas. Non teño escapatoria.

—Que xeito de latar ás clases hoxe, non?

—Non sei que queres dicir –respondo… Moi mal, Alexandra, cada vez mentes peor.

—Pois a titora púxovos unha falta así –di abrindo os seus brazos grandes e fortes, e pásame pola cabeza se pode ser unha invitación.

—Pois vale, é igual. Tiñamos que falar de cousas.

—Xa sei que es moi amiga da arxentiniña esa, pero quedaramos. Non te lembras?

—Si, claro, pero agora teño que ir para a casa e vou moi cargada.

—Pois lévote –di mentres sinala a súa Aprilia verde e vermella.

—Toleaches? Eu non subo niso nin borracha.

Semella decepcionado, mais non di nada. Achégase á moto e préndea nun farol coa cadea.

—Daquela acompáñote. Despois xa volverei a buscala.

—Queres dicir que non desaparecerá?

—Home, meu pai xa sabe que me ten que comprar outra.

—Se é así… –dígolle, e pásolle a miña mochila, que é a que máis pesa, e el sorrí mentres a carga nas costas coma se fose un xersei de pura la virxe.

Pouco despois atravesamos a Plaça Universitat e seguimos cara á Gran Vía ata Balmes. É o meu camiño de volta. Gústame subir ata a parte alta do Eixample. Miro a torre de Collserola ao final da rúa, coma se fose unha meta desexable, case espiritual, e síntome na casa. Non é estraño, porén. Nunca pasei do Garraf nin da Costa Brava. O interior de Cataluña, que quere dicir de Collserola para alá, é para min un lugar inhóspito, totalmente descoñecido.

Nunca hai moita xente nas beirarrúas da rúa Balmes, como se esta vía fose un privilexio que a cidade outorga aos coches e ás motos que baixan facendo carreiras dende a Diagonal. Ricard dubida antes de dicir cada palabra, cousa que levanta as miñas sospeitas. Hai vida dentro do seu corpo case perfecto?

Á altura de Consell de Cent explícame unha estraña historia sobre a profe de Filosofía. Polo visto tivo as notas máis malas da súa promoción e dá clases no instituto porque o director é moi amigo do seu pai.

—Iso é o que din, non si? –pregúntolle, un chisco farta daquela profesora que sempre está en boca de todos.

—Pois si, e ademais…

—Non sigas, por favor, Ricard. Non me interesa.

—OK. Só era por dicir algo.

—Non fai falta falar se só se fai por dicir algo. No mundo abundan as conversas baleiras... –digo e deténome deseguida: a miña conciencia dime que non se pode ser máis antipática.

Ricard queda calado uns segundos e despois contraataca. Se cadra estouno levando cara ao meu terreo e necesita defenderse, pero pregúntome se é o mellor xeito de comezar unha relación. Penso que non.

—E coa túa amiga, a arxentiniña, sempre tes conversas interesantes?

—Non o pensara, pero pode que si. E non me gusta que lle chames «a arxentiniña», soa como un diminutivo racista.

—Só trataba de ser amable. Non tes que sacar conclusións deste tipo.

De súpeto decido que non quero amosarlle a Ricard onde vivo e xiramos pola esquina de Muntaner ata que atopo un portal baleiro e, milagrosamente, aberto. El fai o sorprendido, pero coido que tamén se sente un pouco aliviado polo final do noso percorrido. Collo a mochila que levou todo o tempo e cólgoa ás costas, mais non semella que teña o propósito de marchar.

—Vives aquí?

—Si, aos meus pais gústanlles os edificios antigos.

—Ben, creo que falaramos de merendar, pero tiven que botarlle gasolina á moto e...

—Non te preocupes. Xa entendo a importancia da moto na túa vida.

Ricard queda ben parado. Coido que tamén dubida se bicarme ou non, pero a miña actitude faino moi difícil. Decidido si que o é, porque despois dun minuto interminable...

—Se somos unha parella, podiamos bicarnos, non che parece?

—Non coidas que é demasiada recompensa por levarme unha mochila?

Se cadra esa foi a guinda. Mírame aos ollos. Nos seus hai enfado, ou decepción. Non tarda moito en levantar un chisco a man a xeito de despedida. Ten orgullo o rapaz. Vexo que se afasta a paso lixeiro, coas costas un pouco desproporcionadas para a longura das pernas. Cando xira a esquina de Muntaner e Balmes, aproveito para abandonar o portal salvador.

Cando chego á casa xa esquecín o episodio, se cadra porque todo o camiño me sentín un pouco culpable polo trato que lle dei e necesito pasar páxina. Non é difícil. Miña nai asáltame inmediatamente cunha batería de preguntas que teñen que ver coa gastronomía e eu corro ao meu cuarto, lanzo a mochila de Eva sobre a cama e comezo a ordenar a mesa. Sería capaz de comer tres *coques de llardons*[1] seguidas, mais non teño ningunhas ganas de ir ao comedor, sentar na mesa e soportar que a miña nai me interrogue sobre cada minuto do día.

Devoro as tres onzas sobrantes dun Toblerone que hai no caixón e acendo o ordenador para poñer música. Como xa estou un chisco farta de Björk, fago

1. Torta doce cuberta de piñóns e roxóns. (*N. da T.*)

unha procura rápida e deseguida a voz chea de enerxía de Sinéad O'Connor ocupa o cuarto. Sento diante da pantalla e abro o navegador, que me ofrece o inmenso abano de posibilidades do Google. Pero os meus intereses están moi limitados estes días. Escribo «Alejandra Pizarnik» e paseo entre as webs. Sobre todo miro as fotografías, que sempre amosan unha muller de aparencia xuvenil, pode que atormentada –ou é a miña impresión das lecturas–, pero á vez simpática, cos ollos espertos e penetrantes, e acenos nerviosos, coma se necesitase ter algo nas mans.

Cun ataque crecente de inquietude, malia o interese que me provocan as fotografías, dirixo continuas miradas á mochila de Eva. É unha tentación que non podo soportar. Dígome que non é correcto, que non teño que pensar niso, pero xa estou sentada ao seu carón e abrindo a cremalleira que me desvelará os seus segredos. Teño a tentación de ir ao comedor e someterme ás preguntas da miña nai, de romper o impulso desta curiosidade enfermiza. Pero non hai nada que me faga desistir dun acto sen dúbida deplorable.

O contido da mochila non é moi interesante. Está o libro de mates, tal como dixera Eva, uns cantos cadernos, máis cheos de debuxos que de apuntamentos da clase, un par de bolígrafos baratos e un lapis cunha goma no extremo. A sorpresa é o último peto, ben agochado entre unha lea de follas soltas e papeis de todo tipo, billetes de metro, recortes de xornal con noticias da Arxentina... No fondo está o caderno de tapas negras que algunha vez lle vin nas mans. Folléoo e entendo que é unha especie de diario. Durante uns instantes sosténoo pechado nas mans, pero non me dura moito esta especie de arrepentimento. Ábroo pola primeira páxina onde me agarda un poema co que me identifico deseguida: é o «Verde paraíso» de Pizarnik...

Extraña que fui
cuando vecina de lejanas luces
atesoraba palabras muy puras
para crear nuevos silencios.

«Saíuchenos ben especial, esta Eva», penso, e paso á páxina seguinte. Aínda non acabei de ler a data cando escoito a miña nai que berra dende a outra banda da porta...

—Alexandra! Escóitasme? Está aquí Eva, que veu a verte.

A imaxe de Eva pillándome coas mans no caderno pásame veloz pola imaxinación. Non sei como o fago, pero mentres miña nai abre a porta e a miña amiga saca a cabeza para dicirme un «Ola» de entusiasmo absoluto, xa gardei todos os papeis no compartimento que toca, co caderno emparedado no medio. Así, Eva atópame sentada, sen facer nada, e co corazón coma unha locomotora. A mochila quedou moi preto, mais nada semella delatar a miña falta.

—Àlex!, chameite mil veces ao móbil e só sae o contestador –di mentres se coloca ao meu carón.

—Como é posible, se o levo enriba? –digo, mentres saco o aparello do peto da saia e comprobo que non ten batería.

—Pensaba que estarías con Ricard, mais non puiden resistir a tentación de pasar, por se xa volveras.

—Si, non foi moi estimulante o paseo –dígolle, contenta porque a conversa non xira en ningún momento en torno á mochila.

—Canto o sinto! –responde, pero vese ben que non o sente nada de nada–. Tesme que explicar iso. O meu irmán non acudiu á cita. Deixoume unha nota para dicirme que o esperaban e que tivo que marchar cedo.

—Podía chamarte ao móbil.

—Si? Estás segura?

De súpeto atopámonos as dúas rindo: dos móbiles e da súa inutilidade, o se cadra como un xeito de alixeirar a situación. Non semella un día moi afortunado este.

—Entón tampouco comiches?

—Pois non. Teño máis fame ca unha vaca hindú.

—Teño a solución. Ven.

Miña nai recíbenos con entusiasmo. Fixo escalivada[2] e carn d'olla[3], e sérvenos pratos xenerosos. Mentres tanto, a mochila continúa no meu cuarto. Penso en ir en calquera momento e comprobar se todo está no seu lugar e ben pechado. Pero tardo un pouco en comer; aínda me tremen as mans e agóchoas baixo a mesa.

O xantar deixounos tan satisfeitas que nos deixamos caer, exhaustas, sobre a miña cama. A mochila queda no chan, xa revisada e ordenada. De súpeto, esperto. Pode que durmise uns cantos minutos por-

---

2. Berenxena, cebola e pemento asados e despois pelados e cortados en tiras. (*N. da T.*)

3. Cocido catalán. (*N. da T.*)

que Eva está diante do ordenador, nalgunha web que semella interesarlle moito. Tardo un chisco en facerme notar e observo cómo teclea, cómo aparta para atrás o pelo que lle cae sobre os ollos... Descubro que a súa presenza xa non rompe a paz do meu cuarto, que estou cómoda tirada na cama mentres ela emprega as miñas cousas. E fágoo con alegría, mais tamén con certa perplexidade.

—Bos días a media tarde! –dime sen mirarme–. Xa era hora, eh? Hai un bo anaco que dormes.

—Síntoo –respondo, xa incorporada–. Coido que o cocido me venceu.

—Non pasa nada. Supoño que entre Ricard e eu démosche o día.

—Eva, non tes que desculparte. Xa sabes que te escoitei con moito gusto...

—Vale, vale, déixao. Hai tempo que intento non darlle máis importancia que a que ten. Mesmo hai días en que o esquezo. Non podo vivir toda a vida obsesionada pola miña existencia anterior.

—Xa o entendo. É como volver a nacer.

Eva ri, pero non entendo ben a broma. Mentres tanto continúa abrindo páxinas. Teño ganas de deixarme caer de novo sobre a almofada, pero ela reclama a miña atención.

—Vale máis que nos dediquemos a outras cousas. Mira, ven e verás o que atopei.

—Que atopaches?

Levántome para acercarme ao ordenador e sitúome detrás súa; recíbeme a súa colonia, estraña porque é tan fresca como intensa.

—O noso amigo ataca de novo. Semella que pretende liberar outro libro de Pizarnik.

—Que dis!

—O que che digo, mira.

Sinala a pantalla e podo ler a mensaxe. Quéixase de que non se escribiu ningún comentario sobre os poemas de Pizarnik e síntome un chisco culpable, pero despois di que, se alguén os atopou, pode que teña ganas de posuír un libro que se pode considerar coma un tesouro: a primeira edición de *La tierra más ajena*.

—Ti tamén pensas que é un rapaz, agora?

—Non sei, Àlex. Pode que como o repetiches tanto acabei créndoo.

A mensaxe continúa co lugar onde se pode atopar o libro: un bar da rúa Consell de Cent, o Cincomonos. Pero non me soa de nada. Eva semella adiviñar os meus pensamentos, porque di...

—Xa sei que bar é ese: unha especie de local alternativo onde venden libros e fan exposicións de cadros. Os camareiros son arxentinos e é un lugar agradable; moitas noites fan obras de teatro. Eu fun algunha vez para preparar algún exame.

Eva fai xirar a cadeira e mirámonos un instante. Admiro a súa madurez: ata agora nin se me ocorrera estudar fóra do meu cuarto. Despois, sen máis palabras, érguese e vai cara á porta. Sígoa tras coller a cazadora. Aínda se para a felicitar á miña nai polo excelente punto do cocido, pero tardamos menos dun minuto en baixar os dous pisos que nos separan da rúa.

—Iso é en Consell de Cent. Coido que entre Aribau e Granados.

—Pois imos para alá –dígolle mentres a arrastro Aribau abaixo.

De caza

Capítulo 8

—IMAXINAS que o pillásemos *in fraganti*, Eva? Sería fantástico!

—Máis vale que non penses nestas cousas. Despois a desilusión sempre é moi forte.

Sen dúbida Eva sabe moito de desilusións e estou disposta a facerlle caso. Pero as circunstancias cada vez espertan máis a miña curiosidade. Hai unha persoa –non sabemos, aínda, se é home ou muller, rapaz ou rapaza– que se propuxo xogar cos libros. Hai tempo que descubrín que os libros son máis que palabras, que conteñen vida, sentimentos, que son capaces de facernos cambiar de rumbo. Pero cos poemas de Pizarnik atopei unha compañeira de viaxe, unha alma xemelga que me fala dende a amizade, mais tamén dende a dureza, ás veces implacable. É unha persoa que sabe interpretarme, analizar a miña realidade, atopar as carencias.

Sempre que penso nos feitos destes últimos días chego á conclusión de que seguen un esquema calculado ao milímetro, mais non se me ocorre cal pode ser a intención. Primeiro recibimos o obsequio da *Poesía completa* de Alejandra Pizarnik –e inclúo a Eva porque forma parte indisoluble da febre arxentina que semella percorrer esta historia–. Foi o movemento que cadra ben coa dinámica do *bookcrossing*, onde alguén decide poñer en circulación libros que xa leu ou que desexa compartir. Pero abandonar así a primeira edición de *La tierra más ajena*, un libro de 1955 que, como di Eva, debe de valer os seus cartos, é máis ben estraño.

A idea que me atravesa de banda a banda non admite dilación. Detéñome no medio da beirarrúa, impóñome sobre o ruído que converte a rúa Aribau nuns boxes de Fórmula 1 e fágolle a pregunta que me arde na boca...

—Eva, hai unha cousa que me tes que responder.

—Que queres dicir? Que cousa?

—Xúrame que non tes nada que ver con todo este asunto de Pizarnik.

—Non creo moito en xuramentos nin en promesas, pero, se é importante para ti, son quen de xurar sobre a tumba da miña nai. Non teño nada que ver. Contenta?

—Si, claro. Non facía falta... Pero son moitas coincidencias. Ti es arxentina e coñeces moito estes poemas. Ben, xa entendes que cho tiña que preguntar –respóndolle, un chisco arrepentida por provocar un xuramento tan serio.

—Enténdoo, non te preocupes. Pero por que se che ocorreu que eu podía ter algo que ver? Vaia idea!

—Ah si? Eu non atopo tan estraño o meu razoamento. Hai pouco que apareciches na miña vida e nos fixemos amigas, e todo coincide coa aparición dun personaxe que vai deixando por Barcelona libros de Pizarnik. Se engadimos que sabes máis do que é habitual desta poetisa, que hai de estraño nos meus pensamentos? Cres que podería pensar doutro xeito?

—Si, pode que teñas razón e todo parecería moi lóxico se fose así, mais non pensaches nun dato fundamental...

—Cal? –pregúntolle, toda intrigada.

—Pois que eu son a túa amiga, recordas? E sería incapaz de enganarche.

Eva sepárase de min e camiña rúa abaixo. Pode que se enfadase pero, se non lle fixese esta pregunta, non podería continuar coma se nada. Vou detrás dela e póñome ao seu carón. Mírame, seria, pero deseguida rompe a rir...

—Vale, non estou enfadada, de acordo? Xa estás contenta? Pero non volvas a facelo porque entón si que te deixarei soa.

—Espero que non, Eva. Coido que comeza a darme un pouco de medo este personaxe tan xeneroso. Non pensas que persegue algo?

—Àlex! Todos perseguimos algo na vida. Eu non sei que facer para esquecer o meu pasado, a imaxe dunha nai morta na piscina de La Espenuca, e ti darías uns cantos anos da túa vida por non sentirte estranxeira na terra onde naciches. Equivócome?

—Pois non –dígolle, sorprendida por este razoamento tan directo–, pero non fai falta que lle poñas unha dose tan grande de realismo, non cres?

—Só respondía á túa pregunta.

Por sorte chegamos á esquina de Aribau con Consell de Cent, e xa non toca prestar atención a ningunha outra cousa que non sexa a nosa procura. Eva faime percorrer esta rúa ata o extremo da illa e detense ante un local cheo de anuncios de clases e exposicións. Hai libros, xerros, andrómenas diversas, un cadro que invita a ver a exposición actual... Todo en pouca cantidade, coma se non fose moi importante vender nada. Pasamos ao interior, non sen saudar ao rapaz que está a ler case na porta, detrás dunha mesiña. No fondo hai unha especie de bar, cun mostrador minúsculo e sete ou oito mesas de mármore onde hai repartidas non máis de tres ou catro persoas.

—Dous tés de xasmín, por favor –dille Eva ao camareiro, que, sen nada que facer, follea os xornais apoiado na barra.

—Toleaches? Eu non levo nin un euro! –coméntolle por detrás, un chisco asustada.

—Tranquila, Alexandra –respóndeme mentres me agarra por un brazo e fai forza para que continúe entrando na sala–. Queres escoller mesa, preciosa?

Este *preciosa* soa un chisco forzado, pero xa entendo o seu movemento. Quere que procure entre as mesas mentres ela distrae ao camareiro. Escoito que lle fala do seu irmán, que veu algunha vez con el...

—Queriamos pasar un anaco charlando das nosas cousas e díxenlle a Alexandra que...

«É moi intelixente, Eva», penso mentres fago un rápido percorrido polo corredor central da sala. Non teño que mirar moito. Nunha cadeira da terceira mesa hai un pequeno volume de aspecto antigo e fráxil. Vólvome para avisar á miña amiga, pero ela continúa charlando como unha descosida co camareiro. É a súa man estendida a que me indica que ocupe aquela mesa. Obedézoa mentres observo que o camareiro e Eva se achegan cos tés.

—Dous tés de xasmín –di o home mentres os serve na mesa–. Este libro leva todo o día arriba e abaixo. Se cadra esqueceuno algún cliente.

Debín de poñerme vermella ata a punta dos pés. O camareiro descubriunos, aínda que sentei ao seu carón e puxen a man sobre o libro, coma se fose meu. «Xa podemos deixalo», penso, pero Eva xa ten unha resposta xenial…

—Quere dicir Julio? Quedaramos aquí con el, pero coido que chegamos tarde. Agora teremos que aguantar que nos diga de todo.

O camareiro non sabe como reaccionar. Eu continúo collendo con forza o libro que hai na cadeira; case teño medo de estragalo. Eva continúa inventando pola súa conta.

—Mire, se non lle importa, xa llo devolveremos nós. Así compensaremos un pouco que nos tivese que agardar tanto.

Despois duns segundos de dúbida, o home di que veu moita xente e que non pode estar seguro. Despois vólvese e déixanos o camiño libre, sen máis palabras. Se cadra pensa que somos un par de rapazas do máis estrañas e que, por outra banda, aquel libro non lle importa nada. Eva senta na cadeira do outro lado e o pequeno volume queda entre as dúas. Ocórreseme que somos as gardiás do templo de Diana, pero sen lanza.

—Máis vale que tomes o té, antes de que o camareiro lle dea máis voltas.

—Pero é que queima –dígolle, despois de intentar coller a teteira.

—Queres perder o libro de Pizarnik?

—Non, claro que non!

A sorte acompáñanos unha vez máis. O camareiro desaparece uns segundos nun cuartiño que semellan empregar de cociña, e Eva aprovéitao para verter boa parte do contido das teteiras nunha planta que hai moi cerca.

—Eva! Non a matarás?

—Queres que morra eu primeiro, dun ataque de ansiedade?

—Tes razón, pode que eu tamén –respóndolle, pero a miña amiga xa se ergueu e emprende o camiño de saída.

—Que rápida, a conversa! –di o camareiro, que sae naquel intre.

—Si, pensamos en ir buscar ao noso amigo. Sen dúbida marchou á casa –insiste Eva, deixándome unha vez máis de convidada de pedra–. Moitas grazas.

O camiño polo local cara á rúa fáisenos longuísimo, coma se fose unha daquelas atraccións de feira nas que te poden sorprender cunha broma de mal gusto en calquera momento. En canto saímos dirixímonos cara á esquina máis próxima. Trememos e rompemos a rir, e Eva ten os ollos vermellos coma se fose chorar, todo á vez. Quero correr, e xa chegaría á miña casa se non fose porque me colle do brazo e me obriga a seguir o seu paso.

—Serías unha ladroa lamentable ti.

—Eva –dígolle, en canto dobramos a esquina– déixame respirar, por favor.

Quedamos as dúas cara a cara. Eva cólleme a man e colócaa sobre o seu peito. O corazón bátelle coma se acabase de dar vinte voltas ao instituto sen descanso.

—Como podes manterte tan serena por fóra?

—Non o sei –responde Eva–, pero supoño que a miña facilidade para finxir que todo vai ben é unha herdanza familiar.

—Que facemos agora?

—Àlex, eu necesito un anaco de tranquilidade. Imos á túa casa?

—Si, claro –dígolle, pero aínda me tremen as pernas.

Miña nai non está. Sen dúbida foi á tenda para axudar a facer caixa e limpar un pouco. Entramos no salón e deixámonos caer no sofá. A casa aínda cheira a cocido e pónseme unha cousa no estómago. Pero non lle digo nada a Eva. Non quero que me tome por unha persoa máis feble do que son en realidade.

—Queres sacar xa do seu agocho ese libro que me custou case catro euros?

—Oh! Eva, síntoo –dígolle mentres saco o volume con moito coidado do peto interior da cazadora.

—Non te preocupes. Cada día convido a algunha planta a té de xasmín.

Cando Eva colle o libro coas mans, o episodio que vivimos semella moi pouca cousa. Fun descubrindo na miña amiga unha familiaridade coa literatura que mesmo eu, que segundo todos son a intelectual da clase, atopo sorprendente. Así, móstrame o debuxo de Luís Seoane, as particularidades da encadernación rústica, o bo estado xeral do papel…

—Non é doado atopar un libro de 1955 en tan bo estado –di–. Calquera afeccionado aos libros antigos pagaría moitos cartos. Pero non me parece correcto facer negocio cos libros. O que importa de verdade son as ideas que conteñen. Escoita, Alexandra…

DÍAS CONTRA EL ENSUEÑO

No querer blancos rodando
en planta movible.
No querer voces robando
semillosas arqueada aéreas.
No querer vivir mil oxígenos
nimias cruzadas al cielo.
No querer trasladar mi curva
sin encerar la hoja actual.
No querer vencer al imán
al final la alpargata se deshilacha.
No querer tocar abstractos
llegar a mi último pelo marrón.
No querer vencer colas blandas
los árboles sitúan las hojas.
No querer traer sin caos
portátiles vocablos.

É o primeiro poema de *La tierra más ajena*. Leuno con tantas ganas que non me atrevo a dicirlle que pasei unha boa parte da noite enganchada tentando descifrar o significado destas palabras. Ela semella adiviñarme o pensamento unha vez máis...

—O máis importante da poesía non é entendela, Àlex, é sentila. Mesmo podemos prescindir dos motivos que tiña o poeta cando a escribiu. Se conecta con nós, se o poema é quen de facernos vivir a fantasía que queremos, podemos esquecer o resto.

Continúa pasando as follas do libro. Semella feliz, totalmente cativada pola voz que nos trae noticias dunha adolescencia tan anterior á nosa. Experimento de novo as sensacións da primeira noite, cando a fascinación era unha cousa física que me percorría as entrañas, que mantiña tensos todos os meus sentidos. É unha sorpresa que o tempo quedase anulado polas palabras. Mais non podo deixar de banda a miña obsesión.

—Agora sabemos que é un rapaz, o misterioso personaxe do *bookcrossing*.

—Por que o dis? –pregunta Eva, distraída.

—O camareiro creu aquel invento teu do tal Julio. Se hoxe entrasen moitas mulleres, notaríaselle na cara.

—Mi madriña, Àlex, aínda pensas no mesmo. Semellas unha mala copia de Sherlock Holmes –di Eva, á que non lle sentou nada ben a miña interrupción.

—Xa sei que para ti Pizarnik é moi importante, pero eu non podo deixar de pensar que este rapaz nos quere dicir algo. O seu comportamento non é normal.

—Onte falei cunha amiga de Madrid que tamén participa neste xogo do *bookcrossing* –di a miña amiga, e sorpréndeme o interese que demostra–, e explicoume que todo o mundo o entende así. É un xogo, Àlex; un chisco intelectual, se queres, pero é como ir de cacería: sempre che sobe a adrenalina. Viches como tremías de arriba abaixo no Cincomonos?

—Pode que teñas razón, pero eu quero facer algo máis que agardar o próximo aviso na páxina web. Tiven unha idea.

—Cal? –pregunta Eva, e penso que no fondo está tan intrigada coma min.

—O libro anterior, a *Poesía completa*, aínda ten a etiqueta da librería. Comprárona na rúa Aribau. Que che parece se tentamos descubrir quen foi o comprador?

—Non é nada doado, Àlex. As tendas non fan unha listaxe cos nomes da xente, pero pode que atopes algo. Así que non me parece tan mal.

—Eva, pensaba que podiamos ir as dúas: mañá, por exemplo.

—Mañá será difícil. Prometín que axudaría na casa: queren pintar un par de cuartos. Pero deséxoche sorte.

Agora si que me sinto desilusionada, mais non digo nada. Se cadra teño medo de ir soa, de non ter comigo os recursos de Eva. Esta idea faime rebelar e dáme forzas para non pedirllo outra vez. Eva quere marchar, pero a súa ollada non se aparta do libro.

—Podes levalo, se queres.

—De verdade? –di Eva e mírame, perplexa–. Non che importa abandonar o teu tesouro?

—É tan teu coma meu, Eva. Compartirémolo.

—Uuui! Non che irá moi ben na vida, se es tan xenerosa.

—Dácheme igual!

Eva non se fai de rogar. Colle o libro e diríxese á porta. Semella feliz. Antes de atravesar o limiar volve sobre os seus pasos e dáme un bico na meixela. Dime que agardará as novidades enganchada ao móbil...

—Un móbil e unha brocha. Iso será toda a miña vida, mañá.

Penso que merece un sorriso, mais xa pechei a porta detrás súa. Non sei se o descubriu, pero cada vez sinto con máis forza a necesidade de saber quen deixa os libros. Dubido se esta sensación se pode compartir, e se quero compartila. Agora sinto dicirlle que levase *La tierra más ajena*.

Capítulo 9

Os profesores hai semanas que ameazan con facer folga, e escolleron este venres. É perfecto para as miñas intencións. Un día sen clase, cos meus pais na tenda e eu totalmente libre para dedicarme á miña obsesión. Totalmente libre? Eva chámame moi cedo e interrógame sobre se aínda penso en facer aquela xestión na librería e se pode ser que non me decate de que farei o ridículo, que non conseguirei nada...

—Graciñas, Eva, pero non deixaría de ir por nada do mundo.

Xa contaba con que Eva faría a súa aparición de última hora. Mesmo pensara en dicirlle de ir o sábado as dúas xuntas, pero este medo seu ao ridículo impediumo. A miña amiga sobe e baixa, como unha montaña rusa e segundo cambian as agullas da vía. Teñen agullas as montañas rusas?

Collo a *Poesía completa* de Pizarnik e métoa dentro da mochila. Antes saquei todo o lixo que fun acumulando dende o comezo do curso: lapis rotos, papeis dobrados, restos de bocadillos... O interior cheira tan mal que boto un pouco de colonia da miña nai, daquela con olor a lavanda.

Na rúa hai poucos rapaces e rapazas da miña idade. Se cadra a maior parte quedou na cama ata moi tarde: é a mellor opción en días de folga. Eu estou máis esperta que se me lanzase ao mar en novembro. Aínda me esvaran as pingas de ansiedade que me abrollaban na cama, mentres comprobaba co reloxo nas mans cómo poden chegar a ser, de eternos, dez minutos ás sete da mañá, cos nervios perforándoche o cerebro.

A cidade ferve. Por todas partes nótase o rebumbio habitual dos venres. Dende moi cedo semella que todo o mundo prepara a fin de semana e tenta quentar os motores dos coches polas rúas de Barcelona. É unha situación repetida, a esencia da aventura urbana de cada día. En lugar de baixar por Balmes achégome ata Enric Granados, unha rúa máis tranquila e máis libre de tránsito, aínda que existe a posibilidade de morrer baixo algunha bicicleta silandeira, das que toman o carril-bici por unha pista de voo.

O meu destino queda na rúa Aribau, unha librería de libros usados que figura no volume como lugar de partida do libro. Chego á porta e non sei por onde comezar. Ocórrenseme diversas escusas para abordar a conversa co vendedor, un home vello e de aspecto enfermizo, pode que con poucas ganas de escoitar parvadas. Finalmente opto pola verdade directa e rápida.

—Bos días –digo, despois de atravesar a porta cunha decisión finxida–. Quería facerlle unha consulta, se non é molestia.

O home tarda uns segundos en reaccionar. Pode que dixese demasiadas cousas sen ter a seguridade de que me escoitaba. Pero deseguida me mira e semella que sopesa a situación: unha rapaza tan nova a estas horas e neste acubillo cheo de po e humidade! Sen dúbida estoulle proporcionando a anécdota do día.

—Claro que non –responde–. O meu traballo é atender os clientes.

—Síntoo, pero non son exactamente unha clienta.

Os ollos do libreiro fanse máis pequenos de súpeto; se cadra dubida do proveito que pode sacar da miña visita, e niso, ten razón…

—Chegou ás miñas mans un libro desta tenda –comezo, por facelo dalgún xeito–, e estou moi interesada en saber quen o comprou.

—Que? –di e vólvese cara aos andeis finxindo que ordena algúns volumes que non o necesitan. Sei que me entendeu. Así que abro a mochila e saco o libro de Pizarnik.

O interese do libreiro parece que aumenta co corpo do delito ao abasto. Cóllemo das mans e mira con atención o estado físico das tapas, despois comproba a existencia do seu selo na primeira páxina. Mais as palabras seguintes son decepcionantes…

—Síntoo, pero non podo axudarte.

Déixame o libro nas mans e continúa a súa procura dunha orde imposible.

—Pero o libro foi comprado aquí… Leva o seu selo.

—E…? –apunta, coma se non fose asunto seu.

—Pois que se cadra lembra quen llo comprou –insisto, pero as miñas esperanzas van quedando atrás.

—Non é así, rapaza. Asegúrocho. E por certo, se lembrase algo, por que tería que dicircho? Non te coñezo de nada e débome primeiro aos meus clientes –explica, e é evidente que eu non formo parte deles–. Ademais, está o segredo profesional. Sabes dalgún psiquiatra que fale dos seus pacientes con calquera?

A súa pregunta non agarda resposta. A continuación pásame a man pola cintura, sen tocarme en ningún momento e controlando ao milímetro a distancia, mentres me obriga a saír da librería. Penso que é o xeito universal dos tendeiros de mandarche ao carallo. Indígname a súa actitude, cómo me cualificou de calquera e a importancia que se deu comparándose cun psiquiatra. Pero eu estou na rúa e el conserva o seu segredo, se é que o ten, tras as portas da librería.

Volvo a ser unha lectora solitaria, co meu libro nas mans, cheo de palabras e, a pesar diso, tan mudo ante as miñas preguntas. Por que tivo que escollerme? Quen está detrás deste misterio? Hai algún misterio? Escolleume alguén? Se cadra esaxero, e trátase duns acontecementos casuais.

Camiño por inercia e acabo sentada nun banco do xardín interior da universidade. Polo meu lado pasa un segurata pero non me di nada. Se cadra dou a talla: un metro setenta, vestida de negro e con olleiras de non durmir. Quen diría que non son unha alumna da facu que se detivo a descansar un pouco? Gústame este edificio caduco e doutros tempos. Ás veces soño que son unha estudante da Literaria ou, cando me deixo ir, que dou clases e leo a Pizarnik a xente nova que queda atrapada pola súa poesía...

Manos crispadas me confinan al exilio.
Ayúdame a no pedir ayuda.
Me quieren anochecer, me van a morir.
Ayúdame a no pedir ayuda.

A cancionciña do móbil, unha melodía de Georges Brassens que me regalou Eva, quen senón?, faime saír do meu ensimesmamento. É ela, claro. Intrigada e distante, pero esixente. É auténtica, Eva!

—Que? Como foi?

—Pensaba que non tiñas moito interese –dígolle, disposta a facela sufrir o que poida.

—Veña, Àlex. Non sexas mala. Non é o teu estilo.

—Estás segura? Gustaríame ter un estilo. Pero cal é?

—Alexandra! –berra dende a outra banda do teléfono–. Terei que colgar dun momento a outro. Non quero que os meus tíos me collan chamando. A economía non está para botar os foguetes nesta casa.

—Botar foguetes! A frase correcta é *botar foguetes*.

—Vale, como queiras –di, e dáme a impresión de que colgara, mais non se escoita o «clic».

—Eva!

—Que queres?

—Aínda me escoitas?

—A ti que che parece?

—Non hai nada que facer. O propietario da librería non se lembra.

—Xa! Claro. É difícil, coa cantidade de persoas que deben de entrar cada día.

—É certo.

—Veñen os meus tíos, xa falaremos.

Agora si que escoito o «clic». Sinto ter xogado con ela, pero tamén teño a sensación de que só chamaba para saber os resultados da miña procura. Quedo mirando para o teléfono. Na pantalla aínda está o seu nome: Eva. Que o demo me leve se son capaz de expresar os meus sentimentos!

A frialdade que amosou o libreiro, tan pouco receptivo á miña demanda e, sobre todo, o incomprensible afastamento de Eva téñenme desorientada e dorida. Hai días que apenas falamos. Ela escúsase culpando á titora, que decidiu separarnos na clase como xeito de combater o que nomeou «uns desexos extremos de comunicación». Pero Eva tampouco fai moitos esforzos á hora do recreo nin se presenta na casa por sorpresa, con aquela cara de... «A que desexabas a miña visita?»

Non sei se a boto de menos. A nosa amizade é moi recente; demasiado, para sacar conclusións. Pero si me pasa pola cabeza cada noite antes de durmir, coma se fose un asunto pendente, unha ferida aberta que ninguén ten interese en pechar. Agora estou sentada na cama e miro o libro de Pizarnik, tan cheo de sensacións que me dá medo non vivir nunca eu mesma. Intento ignorar á poeta arxentina, a Eva, a absurda historia sobre a morte da súa nai... Pero cada vez me enfado máis, e acabo tapando as tapas amareladas do libro cunha novela de Joaquim Carbó que nos propuxeron ler na clase.

Menos mal que estes pensamentos me asaltan ás noites, cando teño tempo de pensar en todo. O afastamento de Eva tivo como consecuencia que Ricard atope cada vez máis buratos para manifestar o seu interese por min. Non sei se me alegro, pero é un rapaz sen complicacións e a miúdo faime sorrir. Fomos ao cine, bailar, ao teatro… Carallo, os cartos que debe de ter a súa familia!

Mesmo –decatarme deixoume preocupada– decidiu prescindir da moto cando sae comigo. Collemos o autobús ou imos a pé a Gràcia, onde me levou a locais que eu descoñecía e onde poñen boa música. Ao cabo de poucos días deume un bico na rúa, de súpeto, coma se fose un acto inevitable. Foi como un principio. Síntoo, pero gustoume.

A situación sería perfecta se non fose porque a súa conversa me interesa máis ben pouco. Fala moito dos seus amigos, da posición importante que ocupa no equipo do instituto, das vacacións cos seus pais en lugares exóticos e carísimos... Entón é cando as nosas diferenzas afloran con máis forza.

Descubrín unhas cantas caras raras cando falo de poesía, da música de Björk ou da paixón que ten miña nai polas orixes familiares. Ricard só vive o momento: sensacións inmediatas, bicos por sorpresa, músicas sen mensaxe. Toda a súa conversa de futuro concéntrase en retratarse no seu propio bufete de avogados gañando os cartos que lle permitan seguir o mesmo ritmo de vida que lle marcan seus pais.

Non me arrepinto, non é iso. A min tamén me divirte a súa maneira de ser e os lugares onde me leva, pero a miúdo penso que o fai para impresionarme. A nosa relación está chea de contrastes. Eu non teño ideas sobre o meu futuro. Non sei qué quero ser e non podo pensar nunha vida con el, agardando que saia do bufete e levando a casa chea de fillos que describiu tantas veces.

Só o feito de imaxinalo xa me rebela en contra súa. Tento cambiar de tema e falar de algo que lle guste, pero teño a sensación de que acabo traizoándome a min mesma.

Hai un anaco, mentres eu e Eva interpretabamos o noso afastamento, cada unha nunha punta do patio, tan amiga como semella que se fixo da estúpida de Esther, non puiden evitar que me chegase unha conversa de Ricard cos seus amigos. Falaban de rapazas, e Lluís, outro motorizado do grupo, dixo que habería moitas na concentración que programaron para esta fin de semana en non sei que polígono industrial. Todos lle riron a broma, coma se o seu único obxectivo da quedada fose deixar as rapazas sen alento.

E Lluís acabouno de pulir pouco despois, cando dixo que, despois dunha boa carreira, as rapazas sempre estaban máis dispostas a todo. Entón mirei a Ricard, que ría con ganas e movía a cabeza en sentido afirmativo. Sentino moi lonxe.

Como pouco a pouco se instalou en min unha sospeita moi pouco recomendable, ao volver á clase comecei a facerlle preguntas. Daquelas que máis ben non o semellan.

—As rapazas queren quedar na casa de Esther o domingo. Esta vez poderá vir quen queira –dígolle, e penso: «Malditas as ganas que teño eu de ir.»

—Queres dicir que non será unha xuntanza de rapazas soas, como fixestes tantas veces? –replicoume dende o meu mesmo pupitre, onde se instalou dende que Eva fixo o cambio forzoso.

—É unha festa aberta a todo o mundo pero, sen non che apetece ir, podemos ir ao cine. Xa estrearon a película que querías ver, aquela dos futbolistas –engado, e penso: «Mira que es cruel, Alexandra.»

—Ben, non sei se poderei ir. Meus pais queren facer unha viaxe a Huesca, onde pasamos parte do verán, para ver se atopamos unha casa nova, máis grande. Como agora temos que levar tamén á miña avoa, que quedou soa...

—Xa o entendo. Queres dicir que estarás fóra toda a fin de semana.

—Síntoo, mais non teño outro remedio. Pero vai, seguro que o pasarás moi ben –dixo cun gran sorriso, como se me dese permiso.

—Si, claro –respondín, e despois concentreime na clase; calquera cousa antes de subirme ao pupitre e berrarlles aos compañeiros o que me devora por dentro: «Ricard é un imbécil! Pero se cadra iso xa o sabedes, non si?»

Á saída puxo como escusa que tiña adestramento. Non o crin. Lluís estaba na moto, agardándoo e con aquel sorriso de ter bebido o cerebro o día que naceu.

Ao chegar á casa acendo o ordenador. Dou unha volta polas páxinas do *bookcrossing*, pero no hai ningunha novidade significativa. A idea preséntaseme cunha forza incrible; tanta que inmediatamente chamo a Eva ao móbil, e non me importa se ten a Esther ao seu carón.

—Eva! Son Àlex!

—Ola, Alexandra! Falabamos de ti. Onde estás?

—Na miña casa. Tes un momento?

—Claro, claro! Dime.

«Como pode chegar a ser tan falsa?» penso, pero teño que falar con ela. Malia todo, decido poñerlle as cousas un chisco difíciles.

—Xa liches o libro de Pizarnik? Quedamos en que o iamos compartir.

—Claro, pero ti xa o tes. Non está incluído nas obras completas?

—Sabes moi ben que si, Eva –recoñezo, e comezo a fraquear–. Se queres regálocho, pero non querería pensar que este libro nos fixo perder a amizade.

Hai un silencio e despois sinto unha conversa distante. Deseguida volve, e semella máis aberta, máis confiada. Penso que se desfixo ou se afastou un chisco da persoa que a acompaña. Esther, claro! Poría a man no lume.

—Non sei por que dis iso, Àlex. Ti semellas moi a gusto na compaña de Ricard. Eu non quixen meterme.

«Boa escusa», penso. Agora serei eu a que non se lle achega, con Ricard ou sen el. Sinto desexos de explicarlle que Ricard non é nada, nin sequera un pasatempo; aínda mellor, teño ganas de dicirlle: «Ricard non me interesa nada, Eva.» Mais non o fago.

A conversa continúa un anaco, que se ti, que se eu... Ata que saco o tema que nos une, o tema do que non poderiamos pasar aínda que quixésemos...

—Entrei varias veces no *bookcrossing* estes días.

—Si? Pensaba que esqueceras todo iso.

—Non hai ningunha noticia do misterioso personaxe –dígolle, sen facer caso da impertinencia que agochan as súas palabras.

Hai un novo silencio na outra banda. Eva quedou muda, mais xa coñezo os motivos. Xa sei que non pasa desta historia e que finxe coma unha tola. Pero non acabo de entender por que.

—Eva! Aínda estás aí? Poderías dicir algunha cousa.

—Que queres que diga? Só Deus sabe que idea tiveches agora, e non son moi crente, a verdade.

—Ti non es a única que sabe resolver situacións –sóltolle, e penso: «Vale, Alexandra, xa vai sendo hora de que agarres as rendas.»

—Diso non teño ningunha dúbida –di dun xeito rotundo, coma se baixase do pedestal por primeira vez en toda a conversa.

—A maneira de atopalo é deixarlle unha mensaxe –explícolle, e esta vez penso chegar ata o final–. Temos que provocar que queira quedar con nós, que nos vexa entusiasmadas por Pizarnik, que non poida pensar noutra cousa...

—Se cadra tes razón –di, pero sen folgos, e dáme a impresión de que está asustada, que no fondo asústalle descubrir a verdade.

—Que problema hai?

—Home, ningún –di, como se espertase–. Pero non sei se paga a pena.

—Eva –dígolle, intentando facerlle entender que é o máis serio que dixen nunca–, se ti non queres axudarme, fareino soa.

Non sei como interpretar o novo silencio. Teño ganas de rifarlle e, se a tivese ao meu carón, pode que levase unhas labazadas. Pero ela reacciona e xa só di unha cousa antes de colgar…

—En media hora, na túa casa.

Capítulo 10

Na casa non hai ninguén, só eu co ordenador aceso e un documento de Word aberto onde esbocei un posible texto para atraer ao noso personaxe. Foron os corenta minutos máis longos da miña vida e tiven tempo de preguntarme cal é o meu interese real nesta historia. De verdade é tan importante saber quen vai repartindo libros da poetisa arxentina? Eva advertiume que era perigoso concentrar a enerxía en asuntos que escapan á nosa vontade, que corriamos o perigo de querer resolver problemas a través dos soños.

En principio non lle fixen moito caso, se cadra porque tampouco a entendía, pero hai momentos en que ves con claridade, momentos de lucidez. Agora penso se, como di a profe de filosofía, pode que estea proxectando a miña insatisfacción nesta lea de libros abandonados. Penso na difícil convivencia cos meus pais, na relación forzada con Ricard e en como comecei a ser consciente de que as miñas amigas e eu non pegamos nin con Superglue. E claro, en Eva. As súas historias, pode que as súas mentiras. A presenza desconcertante de Eva en todo o que me pasa, de bo e de malo, durante os últimos tempos.

Corro á porta despois de escoitar o timbre. A miña amiga entra na casa toda tristeira: nada que ver co ánimo das últimas visitas. Semella moito máis pequena, co pelo cortado tan curto. Dígolle que non me acaba de convencer, mais non parece importarlle. Queda ben claro que vén ao que vén.

—Ven –digo, e, sen máis preámbulos, lévoa para o meu cuarto–. Escribín algunhas frases para o noso amigo.

—Eu axudareiche, de acordo? Pero todo isto non ten moito sentido. Non sei por que te esforzas tanto en atopar unha persoa que non coñeces. Se cadra é un narcotraficante ou un tolo.

—Si, claro, ou un bombeiro –ironizo. Xa estou preparada para as súas reticencias e non me afectan o máis mínimo–. Pero senta e le o texto que escribín, por favor.

Eva, diante do ordenador, tarda un pouco en mirar a pantalla. Obsérvoa dende a cama, como hai poucos días, e non a recoñezo. Penso que lle falta o pelo pasado polo ferro, perfecto, indo dun lado ao outro. «É iso», penso, «é iso», e agardo a que acabe a lectura, a que reaccione, mentres me repito mentalmente as miñas frases…

Hai poucas semanas cacei no Cincomonos o segundo libro de Alejandra Pizarnik. A autora fascíname, mais tamén sinto curiosidade por saber quen deixou os libros. Só alguén que adore

a poesía pode ter tan bo gusto. Como me gustaría ter máis libros da autora e coñecer a este fantástico lector!

Outra Alejandra

—Isto é ridículo! –di Eva, un chisco ofendida–. Ti non te chamas Alejandra.

—Só se trata dunha proposta. Podémola arranxar entre as dúas –respóndolle, pero en realidade penso que é ela a que xa non se chama Alejandra, e todo por unha letra, que morro!

—Ademais, coido que esaxeras. Se cadra só os liberou porque non lle parecían interesantes.

—Eva, por favor... Iso sabes ben que non é certo.

Míroa aos ollos e tenos chorosos. Eva semella a piques de estoupar, pero esta vez eu estou decidida a non deixarme enredar. Achego unha cadeira e collo o teclado sen cable, o único avance tecnolóxico do meu ordenador.

—Tampouco pasa nada polo nome. Pode ser un nome inventado –dígolle, sen moito éxito, mentres ela me colle o teclado e escribe.

Cazados os dous libros de Pizarnik. Lectura intensa e aterradora. Liberareinos moi pronto, pero será como perder algo moi íntimo. Como atopar novos textos que me fagan sentir iso?

A dos ollos abertos

Sinto que me teño que sacar o sombreiro ante a súa capacidade por transmitir unha emoción. Pregunta se me parece ben, e só me sae un gruñido envexoso e pouco amable. Pero ela xa cortou o texto, e despois de abrir a páxina do foro colga o texto e pon, como autor, «Diana». Comprendo que xa está rexistrada neste sitio e que non me informara, pero tamén debe de haber moitos outros segredos que non coñezo.

—Cres que responderá? –pregúntolle por dicir algo, aínda afectada pola expresividade das súas palabras.

—Apostas o libro de Pizarnik?

—Cal? *La tierra más ajena*? Se non mo pensas devolver!

—Xuro solemnemente que se o noso personaxe non responde, terás o libro e non falaremos nunca máis do asunto. Estás de acordo?

É un risco que non sei se quero correr, mais non teño outro remedio. Eva semella de novo a persoa decidida, segura dela mesma, a Eva das mellores ocasións. Gústame vela así e acepto a proposta como se fose capaz de facernos recuperar a amizade que periga dende hai días.

—De acordo, entón. Mañá a esta hora reunirémonos de novo na miña casa –di a arxentina, que quere controlalo todo–. Pero ningunha das dúas abrirá o *bookcrossing* ata entón. Tes que prometelo.

—Paréceme xusto. Farémolo así, se queres.

Mentira. Non sei se me parece xusto. Se cadra sería máis doado estar alerta e avisar á outra cando algunha das dúas atope a resposta. Eva colle a súa mochila e di que ten que marchar, que os seus tíos agardan por ela. Para facelo máis fácil dáme un bico na meixela. É un acto de reconciliación? Unha despedida? Quen pode saber algo seguro con ela?

Quero acompañala á porta, pero soa o teléfono e é Ricard, que di que ten que falar comigo urxentemente. E antes de que poida reaccionar, Eva xa percorreu todo o corredor. A voz de Ricard transmite unha sensación de baleiro que non esperaba, pero non hai dúbida de que tiña motivos para chamarme.

—Àlex! Que fas? Queres atender ao teléfono? –sinto que berran dende a outra banda da liña.

—Calma, rapaz, que o día ten vinte e catro horas.

—Pensaba que colgaras. Hai alguén contigo?

—Había alguén, pero marchou. Que queres, Ricard? –respóndolle, e algo me di que se acabaron as contemplacións.

—Os meus pais adiaron a viaxe –sóltame, coma se fose unha gran noticia–. Aínda queres ir a aquela festa coas túas amigas?

—Xa che dixen que vai todo o mundo –respondo, e «mesmo os que ían á concentración que suspenderon», penso.

—Si, coido que si. Xa quedei con Lluís e co resto do grupo. Será unha gran noite, sen dúbida.

—Eu tampouco teño ningunha dúbida. Será unha gran noite.

—Podemos quedar antes, se queres, e ir ao cine.

—Síntoo pero xa non é posible. Teño que facer cousas na tenda dos meus pais. Mañá fan inventario –explícolle, e penso: «É un grande invento iso de facer inventario, non si?»

—Vale, entón quedamos á noite. É na casa de Esther, non? Onde queda exactamente?

—Preto do mercado de Sant Antoni. Pero sempre podes seguir o ronsel da moto de Lluís.

—Àlex, estás anoxada por algo?

—Claro que non, Ricard. Ata mañá.

Iso si que non é ningunha mentira. Non estou nada enfadada. Por primeira vez en moitos días sei exactamente o que farei ao día seguinte. Colgo o teléfono con delicadeza e, a continuación, leo a mensaxe que Eva redactou. «É auténtica, Eva», penso antes de apagar o ordenador. Busco o aparato reprodutor de cedés portátil e saco o disco que tantas críticas recibiu na clase. Acendo o equipo e póñoo a toda pastilla. O cuarto énchese co «Troy» de Sinéad O'Connor.

Teño un soño. Camiño moi cedo cara ao instituto. Demasiado cedo, se cadra. As tendas están pechadas e nos quioscos aínda non desfixeron moitos dos paquetes de xornais. Na Rambla están os empregados municipais que limpan os estragos da noite anterior. De súpeto, á altura da rúa Fortuny, achégaseme Eva. É unha Eva estraña, leva o pelo moi longo, mollado e cheo de lixo, e viste un traxe de baño enteiro, sen estilo. Píngalle a auga e ten cara de asustada.

—Àlex! –fala entre xemidos–. Teño que dicircho para que non te fagas máis ilusións. Eu son o misterioso personaxe que libera os libros.

Quedo parada. Míroa sen sorprenderme, mais son consciente do seu estado. Dígolle que collerá unha pulmonía, que necesita secar o pelo e o corpo, que máis tarde podemos falar...

—Máis tarde pode que sexa demasiado tarde –responde, e volve correndo á rúa Fortuny, descalza, fráxil, máis nova do que eu cría.

Continúo baixando pola Rambla. Agora paso moi preto dos homes que traballan con mangueiras e pequenos aspiradores portátiles. Un deles vólvese e plántaseme diante, levanta a gorra e vexo a Ricard. Abre a mangueira a rachas, e penso que se cadra foi el o que deixou a Eva naquel estado.

—Non te fagas ilusións –espétame mentres cala a gorra de novo ata as cellas e dirixe o chorro de auga cara a unha árbore cercana–. Eva está tola. Ten unhas cantas enfermidades mentais, e todas concentradas, non unha despois da outra.

Quérolle dicir que el non é ninguén para xulgala, que non está ben iso que fixo. Pero mírame desconcertado. Despois continúa facendo o seu traballo. Entendo que xa non falará máis, pero cando penso que xa o deixei atrás atópoo de novo a carón dunha moto enorme.

—Non imaxinaba que pensabas iso de min. Ti sabes o que me custou atopar aqueles libros que querías?

—Que dis? Ti buscando libros? Onde? Nun surtidor de gasolina?

Escacho coa risa e continúo o meu camiño. Pouco despois vólvome e xa non hai moto. Agora Ricard ten a mangueira nas mans e intenta bañarme co chorro, que se detén a poucos centímetros de onde estou, mais non teño tempo de sentirme estrañada. Alguén me chama e vexo unha figura de pelo rubio sentada na fonte de Canaletes.

—Ola, *Ochi Chyornye*! –di Esther, e sei que é ela porque ninguén máis me chama «Ollos Negros» así, como na película de Marcello Mastroianni.

—Que queres agora, Esther? Non tes bastante sendo unha estúpida?

—Quería saber se che gustaran os meus regalos. Non foi doado, non penses, atopar unha poetisa tan sentimental e con aqueles versos tan ridículos...

Pero quién habla en la habitación llena de ojos.
Quién dentellea con una boca de papel.

—Ti si que es ridícula –bérrolle unha e mil veces–. Ridícula, ri...

Pero ela achégase a min e golpéame nas mans, na cara...

—Àlex, polo amor de Deus! Que me sacarás un ollo! Queres espertar dunha vez? Alexandra!

—Que? Esther, por que...? Eva! Que fas aquí de novo? Xa secaches o pelo?

Abro os ollos e atopo o pelo rapado ao dous de Eva. Non pinga auga, nin a súa cara semella tan nova, tan «aínda» infantil. Comprendo que todo foi un soño e vou entendendo pouco a pouco a situación. Non escoitei o espertador, que puxera para estudar un chisco e esquecer a cita da tarde. Pero por algo é sábado. Eva dime que xa é hora de erguerse, e eu doulle outra labazada, mais esta vez fágoo adrede, sen intención de facerlle dano.

—Xa viu con que grao de violencia pode actuar a súa filla? –dille á miña nai, que se ve que presenciou toda a escena.

—Si, rapaza, si. Compórtase coma un animal. Sorte que ten unha amiga tan educada coma ti.

—Ei! Que lle fixeches á miña nai para que te considere unha santiña? Dime… –berro, mentres me levanto e a persigo polo cuarto, e ela parapétase entre a mesa e a fiestra.

—Vale, vale! Xa basta. Alexandra! –di, e eu xa aprendín que cando me chama Alexandra algo non vai ben.

—Que fas na miña casa ás…? –pregunto, mentres miro o reloxo, e iso faime sentir calafríos–. Ás dez da mañá dun sábado! Non quedaramos esta tarde?

—Si, pero hai novidades. Mira, o mellor que podes facer é ir á ducha e despois explicareicho.

—Diso nada! Agora mesmo me dirás o que pasa. É o noso amigo? Escribiu unha resposta? Pero se me prometeras que non mirarías o *bookcrossing* ata que…

—Vale, vale! Mentín. De feito, sempre che minto. Sei que o pensas. Por tanto, non me importa aceptalo.

—Un momento… –dígolle–. Hai algo desta reflexión túa que me escapa.

Pero Eva xa colleu a toalla que a miña nai lle pasou, sen dúbida feliz de que me levante tan cedo un sábado e, por riba de todo, que exista a posibilidade de verme duchada e enfeitada antes das once. A loita da arxentina, co seu corpo un chisco escuálido, contra os meus sesenta e cinco quilos é moi cómica. Pero chea de vontade consegue facerme entrar no baño e comeza a sacarme a chaqueta do pixama.

—Eva, que xa podo eu –dígolle antes de que continúe.

—Vale, pero apura, que cheiras a pantera chilena.

—Eva! Iso de meterte cos chilenos, aínda que sexa en forma de pantera, non é un pouco racista?

—Se cadra tes razón, pero debe de ser que no fondo aínda son moi arxentina –responde mentres abre a ducha e, máis acougada, agarda a que saque a roupa.

—Agora podes deixarme un chisco de intimidade no meu baño?

—Vale, pero non tardes moito, que temos traballo.

Sae e déixame co mel nos beizos. Estou a piques de dicirlle que entre e que mo explique todo mentres me ducho, pero xa hai tempo que sinto vergonza da miña estatura, dos peitos cada vez máis xenerosos... Pregúntolle, berrando, se hai panteras en Chile, pero por toda resposta o único que me chega é a música do ordenador que se pon en marcha.

Cando saio, Eva obrígame a sentar diante da pantalla onde hai unha mensaxe do foro...

A rapaza dos ollos abertos pode pasar hoxe, sábado, polo Cincomonos. A partir das doce. Téñolle reservada unha sorpresa.

Aquel que ilumina

—«Aquel que ilumina»! Que carallo quere dicir iso?

—Si, claro... É outro poema de Pizarnik. De *Los trabajos y las noches*. Non o recordas?

Cuando me miras
mis ojos son llaves,
el muro tiene secretos,
mi temor palabras, poemas.
Sólo tú haces de mi memoria
una viajera fascinada,
un fuego incesante.

—Vaia, Eva! Sabes toda a obra de Pizarnik de memoria? Si que estás obsesionada!

—E ti tamén chegarás a sabela. É como unha enfermidade que non acaba nunca.

Non intercambiamos máis palabras. Son consciente de que temos que poñernos en camiño e vístome rapidamente co primeiro que atopo. Non me importa moito que sexa a roupa do día anterior.

Mentres pasamos polo corredor, miña nai persíguenos cun prato onde hai un vaso de leite e unhas cantas galletas. Dígolle que non teño tempo, que volveremos para xantar. Eva faime sinais de que non, que ela non poderá, pero a porta da casa xa está pechada. Sen saber por que, baixamos as escaleiras falando con acenos e, sobre todo, mirando o reloxo, que marca as once e cuarto.

Sorpresa no Cincomonos

Capítulo 11

Seguro que os empregados da tenda de arte xa están fartos de vernos falar sobre os instrumentos de debuxo que teñen no aparador. Pero cando chegamos ao Cincomonos só eran as once e media e pensamos que, se nos atopaba dentro, igual o misterioso personaxe se asustaría e nin sequera entraría na cafetería. Polo tanto, despois de botar unha ollada rápida ao interior e ver que non había ninguén, cruzamos a rúa e fixémonos adictas á arte.

O tempo pasa pero, malia os nosos desexos, ningún dos transeúntes se detén diante do local. Descubro que Eva comeu todas as unllas da súa man dereita e ocórreseme axudala coa esquerda. Eu non as como nunca, pero se cadra comezarei en calquera momento.

Dende o noso observatorio só distinguimos as evolucións do camareiro, que semella arranxar as mesas do fondo. Pero o Cincomonos é un bar estreito e profundo, difícil de controlar dende fóra. O meu reloxo marca as doce e cuarto e Eva xa me sinalou unha ducia de veces o xogo de lapis-acuarela que hai á dereita do aparador. No bar non entrou ninguén e decidimos cruzar de novo a rúa.

—E quen nos di que non veu antes? –apunta nun ataque de lucidez Eva.

—Se cadra tes razón. Pero mira ese rapaz!

Pelo castaño, vaqueiros, un xersei non moi á medida... O sospeitoso entra no bar e percorre con lentitude o espazo que leva ao almacén, onde está o bar. Queda plantado diante das mesas mentres o camareiro o observa con interese. De súpeto continúa avanzando e o camareiro intervén…

—Queres algo?

—Non, non. Ben, é dicir, si. O outro día perdín un libro e preguntábame se o deixara aquí.

Hai máis de dez pasos entre el e nós, pero dános a impresión de que está a tremer de arriba abaixo.

—Pois non atopei ningún libro –di o camareiro cun certo cansazo–. Ultimamente pérdense moitos libros neste bar.

—Ah si? –di el, non sabendo xa onde meterse e xirando cara á porta–. Vale. Moitas grazas.

—Este veu pola mensaxe do foro, coma nós.

—Pode que si, pero non o podemos permitir –dígolle a Eva–. Imos.

Mais a miña amiga non semella ter présa. Cruzámonos co rapaz e intercambiamos unha ollada de rexeitamento. O camareiro tamén se decatou da nosa presenza: lémbranos ben.

—Anda! As miñas amigas, as que alimentan as plantas con té de xasmín.

—Pillounos –di Eva, que, por sorte, volve a coller a iniciativa–. Pero como o soubo?

—Era evidente –responde o camareiro–. Servimos

o té demasiado quente como para acabalo en cinco minutos.

Mentres Eva mantén esta conversa imprevisible, vólvome cara ao interior. Hai unha parte do local, a que empregan como escenario de recitais e obras de teatro, que non se ve dende o exterior. Unha das mesas está ocupada, e alguén levanta a man en sinal de saúdo. Agora son eu a que treme.

—Eva! –dígolle en voz baixa, mentres lle estiro da cazadora–. Eva!

—Que queres, filla? Déixame falar –protesta a miña amiga, que intenta explicarlle ao camareiro o que é o *bookcrossing*.

—Máis vale que te xires, Eva.

Cala e mírame. E a continuación ve a persoa que nos fai sinais dende a mesa. É un home duns cincuenta anos, calvo e de aspecto torturado. Sinto que a miña amiga me colle do brazo e se deixa caer contra a barra do bar, que está detrás dela.

O camareiro e mais eu quedamos expectantes. Despois desta primeira reacción, Eva semella coller forzas. Achégase á mesa e di...

—Ola, papá! Xa sospeitaba que tiñas algo que ver.

Entre todas as cousas que imaxinei ao longo destas semanas, a única que non se me ocorreu é que me atoparía no medio deste conflito. O camareiro marchou con sixilo cara ao interior da pequena cociña. Pero eu... Que podo facer eu? Quedo alá de pé, con ganas de marchar correndo. Eva vólvese e chámame. Achégome. Semella inevitable. Darnos a man e a ollada curiosa que non agocha o desgusto pola miña presenza.

—Pensaba que non tomarías nunca esta decisión –di o pai mentres fai grandes esforzos por sorrir e por manter as mans sobre a mesa.

—Home, de feito tiven moita axuda –contesta Eva, e eu quero derreterme, desaparecer, fuxir, non ter coñecido a aquela rapaza complicadísima que me utiliza a cada paso mentres me amosa cousas que non cría posibles.

—Coido que vale máis que marche. Debedes de ter moitas cousas das que falar, despois de tanto tempo –digo, e o home cunha certa imaxe de funcionario empobrecido, con roupa cara pero gastada e unha ollada firme que se esvaece aos poucos segundos nun rastro de dúbida, érguese para despedirme tal e como manda a boa educación.

—Diso nada –di Eva, mirando ao seu pai–. É a miña amiga e sábeo todo. Por tanto, non fai falta que marche.

—Pero Eva! –dígolle como un rogo, xa á desesperada–. Eu quero marchar.

—Ela queda –dille como un ultimato.

A min non me di nada. Tampouco necesita facelo porque me colleu a man con tanta forza que, se intentase soltarme, levaría a Eva comigo, e a mesa e ao seu pai detrás. Non teño escapatoria e, durante uns segundos, asisto a unha xuntanza tensa entre a miña amiga e aquel home responsable dunha morte horrible, segundo Eva.

Un anaco despois, non sei se tras uns segundos ou uns minutos, seu pai semella resignarse á miña presenza. Di que polo menos ten que convidarnos a un refresco. Eu son capaz de beber unha piscina, pero non parece unha metáfora moi afortunada, nestes momentos. Pido unha Coca-Cola e entendo que só podo esperar e gardar silencio.

—Sabías que era eu o que deixaba os libros? –pregunta o home, despois de pedirlle ao camareiro dúas Coca-Colas e un café con gotas.

—A verdade é que non. Pero nalgún momento me pasou pola cabeza –responde Eva como se en realidade as súas palabras se dirixisen a min–. Pensaba que non era posible tanta casualidade. Mais, por outra banda, que alguén me perseguise deste xeito con Pizarnik non era normal. Aínda que, ao principio, atopácheste coa miña amiga. Ela é quen máis che sufriu.

—Non, eu… –intento dicir que, para min, non foi ningún sufrimento coñecer á poetisa arxentina, pero lembro o meu propósito de manterme en silencio, e tampouco podo facer outra cousa.

—Alejandra! –agora sóame estraño, o nome, na boca deste home triste, acabado.

—Xa non son a túa Alejandra! Chámome Eva, escoitas? Porque tamén deixei de ser a túa filla.

—Si, o tío Tomás díxome que non querías saber nada do pasado.

—Ao tío Tomás terei que dicirlle catro cousas –di Eva, e dáme a impresión de que está a piques de chorar.

—Iso non estaría ben, Ale… Ben, quero dicir que el te quere moito. Practicamente tiven que ameazalo. Díxenlle que o descubriría, que solicitaría os meus dereitos como pai…

—E por que fixeches iso? Non o merece –di, agora si, chorando, Eva, pero penso que é a rabia o que lle sae a chorros polos ollos–. Tanto o tío Tomás como a tía Eugènia fixeron un grande esforzo para acollernos a min e mais a meu irmán. Tiñan a vida solucionada, non necesitaban problemas e aínda menos que ti volvas a aparecer nas nosas vidas.

O camareiro trae o que pedimos e, por un intre, semella que se rebaixa un chisco a tensión. O pai de Eva remóvese no asento, inquedo. Semella conterse ante a violencia verbal da súa filla. Pode que a miña presenza lle impida ir máis alá. Bebo media Coca-Cola dun trago e deseguida entendo que iso non é máis que o principio. Teño medo deste personaxe inquietante, medo do crecente nerviosismo de Eva. Miro para a barra onde o camareiro simula que limpa os vasos. Está atento, se cadra preocupado polos berros que resoan con forza na cafetería baleira. Agradézolle cun sorriso a súa atención, e el tamén me sorrí.

—Tiña que facelo. Hai moito tempo que espero o momento de falar contigo. Marchaches, ben, os dous... Ti e mais o teu irmán marchastes daquel xeito, sen ningunha palabra, sen ningunha carta...

—Non podes entender que fuxiamos de ti, que non queriamos verte nunca máis? –di Eva, cada vez máis alporizada.

—Enténdoo, claro que o entendo –di o home achegándose á mesa e, así, a Eva, que se recosta no respaldo da cadeira e me aperta tanto a man que sinto que é capaz de cortarme a circulación–. Pero puxécheste algunha vez no meu lugar, Alejandra? Eramos unha familia. Si, tiñamos problemas, sobre todo no último ano, cando quedei sen traballo, pero eu queríate, daríao todo por ti...

—Si, non o dubido, pero só cando non estabas bébedo.

Estas palabras de Eva semellan romper definitivamente o tenue fío que o home quere construír. Ten un aspecto máis cansado e as olleiras acentuáronselle ao longo desta conversa imposible. Sinto que teño que facer algo, que non podo deixar a Eva abandonada aos pensamentos que a percorren.

—Sinto moito esta discusión, pero hai unha cousa boa nesta historia. Déchesme a coñecer a Alejandra Pizarnik e asegúrovos que me cambiou a vida. Así como a túa amizade, Eva –dígolle agora, mirándoa.

Eva non o soporta máis. Sóltame a man, érguese e sae correndo do Cincomonos. Eu quero seguila. Levántome case ao mesmo tempo, pero o seu pai retenme, suplícame que quede uns segundos.

—Non quero que marche así –dígolle con violencia.

—Eu tampouco, pero xa vexo que non podo facer nada –respóndeme el–. Só unha cousa, por favor. Colle isto.

Abre unha carteira que hai no chan e saca un libro de dentro. Ofrécemo, e míroo abraiada. É unha edición de *Árbol de Diana*, e semella moi antiga.

—Darasllo da miña parte? Cando sexa posible, cando penses que non o rexeitará. Farás iso por min?

—Intentareino –contéstolle sen moita convicción, collendo o libro ao voo mentres comezo a correr detrás de Eva.

Durante máis de unha hora dei voltas pola zona. Chameina ao móbil e á súa casa, sen ningún resultado. Aínda sinto a súa rabia que me aperta a man, que circula polas miñas veas ata o corazón. Estou diante da universidade e decido ir ata un dos seus claustros. Está case baleiro hoxe, sábado; só hai algúns estudantes que deben de ir á biblioteca. Aquí, sentada nun banco de pedra que me dá frío, abro o libro que o pai de Eva me deu e leo ao azar…

Sólo la sed
el silencio
ningún encuentro
cuídate de mí amor mío
cuídate de la silenciosa en el desierto
de la viajera con el vaso vacío
y de la sombra de su sombra.

Capítulo 12

Dende onte non teño ningunha noticia de Eva. O seu móbil continúa apagado. As rapazas non saben nada, nin sequera Esther, con quen tan ben se entendía estes días. O resultado é que me atopo ante un ataque de histeria. Paso unha boa parte da mañá polos arredores da súa casa e, cando me atrevo a chamar ao porteiro electrónico, respóndeme a voz do seu tío.

—Si? Quen é?

—Son Àlex, a amiga de Eva –dígolle, e penso: «A que a acompaña nos instantes máis duros»–. Podo falar con ela? Non me colle o móbil.

—Pois non está. Marchou a Andorra co seu irmán. A el anóxalle moito que soe o móbil mentres conduce. Se cadra por iso non o colle. Inténtao máis tarde, vale?

—Vale, graciñas.

Ningunha noticia máis. Se é mentira, ocórreseme que é moi boa, que mente moi ben esta familia súa. As palabras do tío provocáronme un certo desinterese. Preocupábame o seu estado, cómo tomara a escena co seu pai… Pero, tanto se é quen de marchar de viaxe como se pediu que a desculpen, Eva debe de telo asimilado. Tal e como dixo hai uns días, é toda unha especialista.

Se cadra é que quere estar soa, dixerir ben toda a tensión que viviu... Pero e eu? Sinto que teño moito que ver nesta historia. E estou aquí, nunha pequena rúa mexada da Ciutat Vella, facendo, unha vez máis, de amiga comprensiva. Alguén me preguntou sobre o meu estado de ánimo?

A medida que foi pasando o día, a actitude de Eva a desaparecida conseguiu deprimirme. Tirada na cama, coa música máis escandalosa que teño a todo volume –un vello disco de Manu Chao, o seu *Clandestino*–, leo *Árbol de Diana* na edición que me deu onte o seu pai. É unha sensación diferente da de lelo nas *Obras Completas*, coma se este pequeno volume puidese telo a propia Alejandra Pizarnik nas mans, coma se os poemas aínda fosen máis íntimos, máis desesperanzados...

He dado el salto de mí al alba.
He dejado mi cuerpo junto a la luz
y he cantado la tristeza de lo que nace.

Leo e sei que Pizarnik e mais eu somos dúas soidades que se atopan, que dialogan. Leo e, dun xeito inevitable, rotundo, aínda que quero negalo dende moi adentro, non podo evitar a lembranza de Eva. Eva chorando, Eva anoxada co mundo, Eva dicíndome: «Alexandra», Eva decidida e imparable, Eva contendo a rabia, Eva mollada e chea de lixo saíndo da piscina...

O teléfono devólveme ao mundo. Hai uns segundos de esperanza pero, como di Manu Chao, será na próxima estación. O nome que hai no móbil é o da miña amiga Marina, a que deixei de banda todo este tempo.

—Àlex –di nun ton amable e inseguro– Son Marina. Como vai todo?

—Pois vai como vai. E ti? Que contas?

—Nada especial –semella cortada, coma se dubidase da miña curiosidade polas súas cousas, pero eu non a axudo demasiado–. Só quería saber se irás á festa de Esther.

—Non o sei, Marina, non o sei –dígolle, pero «Malditas as ganas que teño», penso.

—Pero virán todos os rapaces –estráñase Marina–. Supoño que Ricard tamén, non si?

—Si, claro –respondo, e creo que sen dúbida pensa que estou obrigada a acompañalo–. Mira, pode que vaia. Teño que facer unha cousa.

—Que cousa? Non te entendo, Àlex!

—Tranquila. Explicareicho despois, vale? Se cadra serás unha espectadora privilexiada.

Colgo sen dicir nada máis. Debeu de quedar moi confundida, mais non podo explicarlle o que aínda non pensei cómo debe ser. A continuación chamo a Ricard ao móbil. E, en canto mo colle, escoito o ruído da moto.

—Ricard! –berro contra o estrépito do motor de dous tempos da Aprilia.

—Si? Es ti, Àlex?

—A ti que che parece?

—Estou probando unha moto co meu amigo Lluís.

—Xa me parecía.

—Pero por que chamas? É que cambiaches de opinión?

—Cambiar? Non, claro que non –e penso: «Tranquila, Àlex, tranquila..»–: Só quería saber a que hora quedaramos.

—Dixeches que irías pola túa conta. Non o recordas? –contesta, moi confundido–. Eu quero levar a moto nova. Espero que esta noite lle fagas os honores.

—Verémonos na festa, entón.

—Si, claro...

«Un día de estrea», penso, «un perfecto día de estrea». Deixo o libro sobre a mesa de noite e pouco despois cambio de opinión. Cólloo e gárdoo no armario, coas últimas compras non confesadas. Despois saio ao corredor e pregúntolle á miña nai se o xantar xa está na mesa. Ela sae da cociña, con cara de non entender nada.

—Queres dicir que hoxe xantarás cedo?

—Si, mamá, hoxe teño un día moi complicado e non quero chegar tarde a nada.

Leva un garfo de cociñar nas mans. Por un intre penso que mo cravará e me obrigará a seguila antes de que cambie de opinión, pero dígolle que quero darme unha ducha rápida, que só tardarei dez minutos, e déixoa plantada. Ten cara de non crerme demasiado, pero miña nai ten o espírito forte e volve para a cociña. Debe de sentirse perplexa polos meus novos costumes hixiénicos, tan semellantes aos do resto dos mortais.

Marina e mais eu colleramos o costume de ir cada domingo pola mañá ao mercado de Sant Antoni. A ela gústalle moito ler, pero sobre todo gústalle comprar cousas. E, se son vellas, aínda mellor. É capaz de pasar horas remexendo entre libros e cómics antigos. Mentres paso por diante do mercado en dirección á casa de Esther, que vive moi preto, sinto nostalxia daqueles domingos con Marina.

Pero só por un instante. Algo me di que xa non son a mesma, que o meu interior está cheo de sensacións que a miña antiga amiga non sería quen de entender.

Cando chego ao portal escoito as voces do grupo, que xa montou un balbordo considerable, aínda que non debeu comezar co maldito Pêche. Non me confundo, entón. Esther vive nunha daquelas casas dos anos 30 que ninguén sabe como é que aínda non derrubaron para construír pisos de dous cuartos.

É a propia Esther a que me abre a porta cunha das súas frases para a posteridade...

—A rusa! Rapazas, chegou a rusa! Pasa, pasa, que se non o vixías pode que quedes sen namorado.

—Oh, Esther, de verdade non hai ningún armario onde agocharse na túa casa?

—Non, tía, pero teño dous baños. Dígoo por se se che ocorre algunha idea.

Pero foi un encontro casual. Ou iso espero, porque hoxe que é a anfitrioa terá que estar para todo. No pequeno comedor do piso xa puxeron a música de Bebe e todos levan un vaso nas mans. Está Marina, que me sorrí cos beizos e me lanza unha mirada dubidosa cos seus ollos de améndoa, e tamén unha boa representación de rapazas e rapaces da clase. Penso que, dende que non estou pendente, se están perdendo os bos costumes.

Non hai moito tempo para reflexións. Ricard asáltame por detrás e mórdeme no pescozo. Vólvome, anoxada, pero el non entende a miña actitude. Decido que é o momento de explicarllo, agora que Lluís se achega cheirando pelexa.

—Ricard, deixa que che diga unha cousa. Non quero saber máis de ti. Abúrrome un montón coas túas motos e as túas casas nos Pireneos, vale?

—Pero que dis? Como se che ocorre, aquí, diante de todos?

—Ei, compañeiros, que estamos asistindo a unha ruptura en directo. Marina, saca a cámara e filma.

Pero Marina non se atreve a sacar a cámara, e máis ben se agocha nun recuncho. Pobre Marina. Pode que un día lle explique de que vai todo iso. Mentres, Ricard ponse todo vermello, como un semáforo da Diagonal, daqueles que levan un X no medio.

—Non quero montar ningún número, Ricard, pero acabouse.

—Pero por que? –pregunta Lluís, que goza coma un cosaco–. Por que o deixas? Quen pensas que es?

—Acouga, Lluís –di Ricard, mentres lle pon a man no peito e o empurra cara a fóra–. Non te metas.

A súa reacción pareceume tan acertada que un pouco máis e digolle que todo é unha broma, que quería saber cómo reaccionaría. Pero el está decidido a marchar. E mesmo lle di a Lluís que xa poden marchar, que aquilo é unha casa de...

—Coidado, coidado! Que isto é a miña casa, Ricard –di Esther, sempre guiada polo instinto feminino.

Os dous amigos xa baixan polas escaleiras, e eu achégome a Marina, que me rexeita con rabia.

—Non está ben iso que fixeches, Àlex. Fixécheshme sentir vergoña.

—De verdade? Pois síntoo moito, pero merecíao.

—Pode que si, pero non deste xeito.

—Marina, algún día direiche por que o fixen, cando esteas máis tranquila.

—Pois non sei se quererei escoitalo.

—Ti mesma –respóndolle, e achégome á fiestra.

Toda a xente da festa comenta en pequenos grupos o que acaba de pasar. Rin mentres tragan os licores baratos de Esther. Penso se fago ben as cousas, se o mundo pode soportar a miña actitude... Se cadra estou condenada a estar sempre soa, a non atopar ninguén que estea do meu lado, que sexa quen de seguir os meus pensamentos...

Chaman á porta, e Esther corre a abrir. Lanza un berro de entusiasmo...

—Escoitade todos e todas! Veu a *Pibiiiitaaa*!

O corazón láteme coma se tivese un tambor dentro do peito. Pode que non estea todo perdido, pode que sexa posible querer alguén. Eva celebra a benvida e desenvolve unha botella que leva nas mans. É de Pêche, do máis barato que se pode atopar no Caprabo.

Todos aplauden e bican a meixela da arxentina, que fai unha auténtica exhibición da Eva máis sociable.

Entre toda a xente que a rodea hai un espazo onde se atopan as nosas miradas. Eu sei que a Eva máis íntima está ferida e que interpreta unha comedia maiúscula dende que traspasou a porta. Os seus ollos confírmanmo. Pero tamén me sorrín. É un sorriso intenso, dramático.

«Pode que non, pode que non sexa tarde para nada», repítome unha vez e outra máis, mentres Eva me achega un vaso de Pêche.

—Hai un momento para cada cousa, Alexandra –di, mentres me colle a man e a aperta con todas as súas forzas.

Tarragona, maio de 2006

ÍNDICE

ÍNDICE

O AUTOR

Xulio Ricardo Trigo, Betanzos (A Coruña, 1959). É escritor, tradutor e artista plástico. Vive en terras catalás dende o 1965. Das súas novelas xuvenís destacan *El misteri del Barri Gòtic* (Barcanova, 1997) e *Una lectora de Txèkhov* (Planeta/Ofxord, 2006). Tamén publicou novelas para adultos, como por exemplo *El somni de Tàrraco* (Edicions 62, 2009), e libros de poesía cos que gañou numerosos premios. Dende 2005 vive na cidade de Tarragona, onde se dedica a escribir e a impartir clases de literatura creativa.

Sempre que pode visita Galiza, a terra dos seus devanceiros, onde ten uns cantos amigos aos que non pensa renunciar por moi lonxe que estean. Podedes seguir as súas ideas sobre literatura e arte no seu dietario persoal na rede: *El violinista celest*.

